MW00681603

François-Marie Banier

Sur un air de fête

Gallimard

En souvenir de
Hugh Cholmondeley, du Pradet
et de Hugh Cholmondeley, du Cheshire

Autrefois je t'ai connu, mais si demain nous nous retrouvons au paradis, je poursuivrai mon chemin sans me retourner.

ROBERT BROWNING
Dramatis Personae.
1864

Il faisait beau mais froid. Les filles ne voulaien
pas sortir. L'une s'était couchée trop tard pour affronter ce temps, l'autre craignait, pour ses yeux
mauves, la lumière de janvier. Montrer leurs
jambes ? Pas question. Elles trépignaient, furieuses,
derrière la porte de la boutique. Pourquoi avaient-
elles accepté ? Tout le monde les reconnaîtrait. Elles n'aimaient pas les robes. Des timbres-poste. On
voyait tout. C'était indécent. En même temps, le
photographe leur plaisait. La plus grande lui trouvait quelque chose de russe dans le regard. Guillaume Delastre les faisait penser à Michel Strogoff
qu'elles n'avaient pas lu. Un garçon de leur monde ? Sûrement pas. De belles mains tout de même.
Un taciturne, sans doute. Un timide. « Bien bâti »,
« épaules carrées », « des yeux comme les opalines
bleues des lampes de grand-maman ». La pensée
n'étant qu'accidentelle chez ces filles, chaque fois
elle provoquait des rires d'énervées.

La rédactrice, Marthe Amelin-Grüber, qu'on appelait Mag, allait et venait, bras tendus devant elle

entre la scène qu'elle voyait et Guillaume à qui elle demandait pour la dixième fois s'il était prêt. Il ne répondait plus. Elle cadrait, sûre de son coup :

— Les robes les plus courtes du monde sur les plus riches héritières de France.

— Vous titrerez sur leur fortune ?

— D'abord ma photo. Pour ma légende, fais-moi confiance. Maintenant les filles ! Allez ! Vite ! Montrez-moi ces mini-jupes !

Guillaume attendit dehors, assis sur une borne, changea d'objectif, souffla sur les lentilles, monta le flash, le démonta. Les demoiselles tournaient le dos à la rue, bras croisés, odieuses. Marthe Amelin-Grüber n'y arrivait pas. Elles se laissèrent glisser par terre. On les sermonna. Elles se cramponnaient à leurs genoux aigus comme des clochers d'églises : elles ne sortiraient pas.

Un maître d'hôtel asiatique se profila non loin de Guillaume, menant six chiens minuscules qui se dandinaient sous des manteaux en plastique rouge transparent. Guillaume revint, meute gla-pissante à la main. Les filles applaudirent : Comme c'était drôle ! Mignon ! Des coccinelles ! Combien ça coûte ? Muni des laisses, il entraîna héritières, chiens, valet, vendeuses, badauds. La rédactrice tapait dans ses mains, les précédant vers le Rond-Point. On riait, criait. Devant les fontaines, Guillaume installa son monde. Les chiens tiraient à hue et à dia, aboyaient tant qu'ils pouvaient. Une fille trébucha, lâcha une laisse.

Marthe Amelin-Grüber se précipita derrière le chien, plus intéressé par les roues des voitures qui filaient sur les Champs-Élysées que par ce grand tournant de la mode qui ne l'amusait pas. La bestiole récupérée, les filles reprirent la pose. De nouveau les laisses s'emmêlèrent. À quatre pattes au milieu des badauds, la journaliste regroupait le cheptel, encourageait les deux sœurs qui oubliaient leur passion pour les yorkshires : elles avaient froid. Mag, lunettes en plastique blanc, penchée en avant, jambes écartées, savait ce qu'elle voulait. Elle rectifiait un pli, se tournait vers le photographe, portait la séance à bout de bras. D'un signe de tête, il lui fit comprendre que cela suffisait : il était sûr d'avoir une bonne photo. On rendit les chiens, les filles partirent en gloussant. Guillaume embrassa Marthe, lui donna deux bobines de film qu'elle enfouit goulûment dans la poche de sa veste de renard rose, et regagna, léger, son appareil autour du cou, l'hôtel Claridge.

Quand l'oncle Anatole avait décidé d'offrir à Guillaume ce qui devait d'abord être une suite pour quinze ans dans le plus grand hôtel de Paris, et s'était réduit à une pièce aux murs couverts de toile de Jouy grise, Guillaume n'y avait vu que le moyen d'échapper aux demandes incessantes de Laure, sa mère, et à la tristesse de Solange, sa belle-mère. Il n'avait pas besoin de cette chambre et pensait qu'avec l'argent que l'oncle avait versé d'un coup, il aurait pu vivre pendant des mois sans être obligé d'accepter n'importe quel travail, installer place des Ternes un laboratoire pour développer ses photos, voyager. Mais l'oncle voulait d'abord et avant tout narguer Laure, sa sœur. Lui prouver qu'il pouvait subvenir aux besoins d'un enfant. Être bon, généreux, désintéressé.

Le cadeau était aussi un peu empoisonné : Guillaume n'avait pas un sou pour donner aux concierges les pourboires d'usage.

Il était arrivé sans bagages, sans explications. Après avoir filé de sa chambre à la rue sans s'arrêter, peu à peu il explora les lieux et en prit possession les uns après les autres. Il se plantait, telle la statue du Commandeur, au pied de l'escalier, devant la porte des bureaux, à l'entrée des cuisines, face au coiffeur. N'importe où. Il pénétrait dans les chambres inoccupées dont la porte était restée ouverte avant ou après le passage des femmes de ménage. Quand il fut suffisamment habitué, il déposa dans sa chambre sa veste de daim, deux pulls à col roulé, quelques chemises, son bluejean, un vieux réveille-matin et trois livres. Toutefois, l'étrange de la situation lui interdisait de dire à qui que ce fût qu'il habitait le Claridge, comme si le luxe de ce palace ancien, rococo, niçois d'allure, était un péché ou entachait sa gratuité.

Guillaume se sentait au théâtre dans le va-et-vient de touristes et d'habitués de cet hôtel glacial, pourtant situé côté soleil. Pour la plupart, c'était un lieu provisoire, indifférent, une chambre où déposer des bagages, un vague bureau pour écrire des cartes postales, une fenêtre pour dire « Je suis sur les Champs-Élysées ». Pour d'autres qui l'habitaient comme une basilique, c'était l'au-delà des Égyptiens au temps des Pyramides. Un au-delà avec petits fours, bains chauds, thé dansant, vue sur la moitié de Paris. Après un arrangement avec le directeur, ils apportaient meubles, bijoux, fourrures, désillusions, pour vaquer, telles les âmes du Purgatoire. D'où ce clinquant triste sous les lustres en perles de cristal mécanique, cette atmosphère lugubre où tout se paie, surtout le temps qui passe.

Guillaume prenait au Claridge des allures de monarque en exil pour rire. Sa pauvreté l'obligeant à ignorer restaurant, bar, service d'étage, il demeurait étranger à tous les avantages de l'hôtel, ce qui faisait croire qu'il dédaignait ces facilités et lui ajoutait une touche de gravité désinvolte.

Il n'était chez lui qu'au cinquième étage d'un immeuble de la place des Ternes, dans un long appartement clair qui sentait la violette, parfum choisi par Solange lors de sa rencontre avec son père. Les fauteuils à franges du salon, les rideaux en soie vieux jaune des fenêtres qui donnaient sur la place, le tapis, le parquet, les murs en étaient imprégnés. Dans cette odeur de rêve où la jolie Solange cultivait le souvenir de sa passion, la possession impossible de Paul Delastre, dans ce cli-

15

mat d'amour et de lutte passive, Guillaume revenait presque chaque soir.

Quelle joie d'arriver chez elle et d'éparpiller journaux, disques, photos. S'il ne passait pas d'abord par la cuisine et filait par le couloir, il empruntait le balcon et déboulait dans la bibliothèque, dans la chambre de sa belle-mère ou dans la sienne, et s'effondrait dans un fauteuil. À la façon qu'il avait de semer ses vêtements sur son passage, on pouvait le suivre à la trace. À peine entré, il commençait à se déshabiller. Chaussures dans le vestibule, chaussettes sur la poignée du réfrigérateur, veste coiffant la réplique d'une tête romaine dans le couloir, pull-over sur son lit, chemise autour de la poignée en porcelaine de la salle de bains. Quand il devait ressortir, il piaffait d'impatience, furieux de ne plus rien retrouver, se promettant que la prochaine fois il aurait plus d'ordre. Quand Solange était là, il s'entortillait dans des couvertures pour lui parler de la ville, des crimes de *France-Soir,* des folies de l'oncle Anatole — jamais de son cœur. C'était elle qui faisait des confidences, qui espérait, demandait conseil, se rassurait.

Depuis l'âge de cinq ans, Guillaume vivait avec elle. Depuis que Laure avait vendu son appartement pour monter sa maison de couture. « Dans la vie, avait-elle dit, il faut choisir » et rien n'était plus important que l'épaule d'un tailleur, le tombé d'un drapé, la boucle d'une ceinture. Laure Delastre n'avait qu'un but : imposer son style, être connue, devenir un des plus grands couturiers de Paris, être une Vionnet, une Grès. Et surtout, faire comprendre que l'élégance est une vertu. Cette boutique avait chassé Guillaume. Laure, grisée par une parution dans *Le Jardin des Modes,* par les commandes folles d'une riche Mexicaine, s'était demandé « que faire de Guillaume ? ». Sur le ton bonne fille, Solange avait proposé de prendre l'enfant. « Comme j'ai un peu d'argent... » Laure en avait profité pour lui demander de l'aider, puisqu'elle avait des « facilités ». En échange de Guillaume, il fallait que Solange lui avançât les trente millions qui lui manquaient pour son pas-de-porte. Solange prêta sans illusions, ravie de l'arrangement et, tout de suite, organisa l'éducation de l'enfant. Tout le monde fut soulagé de voir Guillaume passer de la rudesse d'une égoïste fieffée aux mains délicates d'une nostalgique légère, qui continuait, à travers le fils de Paul, une histoire dont elle ne pouvait admettre qu'elle était finie depuis longtemps. Solange, dont le déchirement était aussi vif que si Paul Delastre venait de rompre à l'instant, vivait son malheur dans la douleur et l'irréalité.

L'appartement de la place des Ternes était assez vaste pour que Guillaume ne la gêne pas. Elle l'installa dans une chambre à côté de celle de son père, metteur en scène de théâtre, qui revenait une nuit par hasard, pris entre mille projets, quelques maîtresses, et le rêve, irréalisable pour lui, de monter « sa » pièce. Guillaume faisait visiter la chambre de Paul à ses amis, la grande armoire à glace reflétant un lit vide, le portemanteau en acajou usé sur lequel pendaient des cravates démodées, les trois chemises bleues repassées par Solange qui attendaient sur le marbre noir d'une commode, en disant : « Regarde, c'est la chambre du mort ! » Une vie sans rite, une vie sans attente. Il sirotait des orangeades à la terrasse de la Brasserie Lorraine juste en bas, passait des heures à l'église russe de la rue Daru, y rêvait qu'il était à Prague — le nom lui plaisait —, Saint-Pétersbourg, Kiev, Varsovie qu'il situait en Russie, Dieu sait pourquoi. Chapardeur, il volait quelques disques au *Point d'orgue*. Parfois, on apercevait sa longue silhouette debout entre les pianos de Pleyel qu'il essayait. Mais il ne traînait pas, il était bien chez lui.

Après un baccalauréat sans mention mais sans histoires, Guillaume se retrouva entre l'appartement de la place des Ternes, que Solange désertait pour rejoindre un entrepreneur de Cannes dont elle s'était amourachée, l'hôtel Claridge et la Brasserie Alsacienne, sur les Champs-Élysées, où il restait des après-midi entiers à parler et à rire avec d'anciens camarades de lycée, maintenant compagnons de virées nocturnes. Il suivait distraitement les récits héroïques de fanatiques de motos, de blues et d'aventures. Dans leurs discussions, deux obsessions : la fortune et les filles. Les filles, les filles, les filles. Veillaient sur ces vertiges, l'oreille fine et prudente, des serveuses bien en chair, choisies pour leur taille, leur bonne humeur et le folklore. Elles donnaient à l'endroit un air de salle d'armes d'un château de Bavière. Chacun cherchait à se montrer sous son meilleur jour mais on percevait vite, sous ces fanfaronnades, l'incertitude du lendemain.

Les beaux jours, Guillaume couchait sur le balcon de la place des Ternes et vivait avec le ciel. Il regardait au loin l'Arc de Triomphe, décor de batailles qu'il ne livrerait pas, persuadé de pouvoir rester toujours en dehors des misères de ce monde. Il se jurait de construire sa vie comme il voudrait, de ne se laisser atteindre par rien ni personne, sûr de ne jamais appartenir à aucune classe, aucune prison. Il serait incernable. Peu importe l'idée qu'on aurait de lui. On lui reprochait d'être distrait ? D'expérience, il savait que les promesses ne sont jamais tenues. Sa mère ne lui avait-elle pas toujours dit qu'elle le reprendrait ? Chaque saison, elle attendait la collection suivante et, comme en été on prépare la collection d'hiver, comme en hiver on est en été, Laure, perdue dans ce temps bousculé, avait une saison de retard et une promesse d'avance. Quant à Solange, la belle Solange, à chaque amant, à chaque rupture, elle renouvelait son serment : rester fidèle à Paul qui, à chaque retour, répétait : « Guillaume, nous déjeunerons demain seuls tous les deux et je te dirai pourquoi je t'aime vraiment, pourquoi j'ai de grandes ambitions pour toi. » Le soir même il repartait sans l'avoir revu. S'il restait la nuit, il s'échappait tôt le matin pour un rendez-vous urgent. Le seul qui avait tenu sa promesse, c'était l'oncle Anatole que toute la famille méprisait.

En public, Guillaume affichait un drôle de bonheur, comme si argent, amour, succès, avenir lui étaient indifférents. En fait de richesse, sa mère lui faisait envoyer un billet de cinq cents francs plié en quatre, qu'elle confiait à la poste tous les mois. À Noël, et parfois pour son anniversaire, elle doublait la mise. Pour combler ce qu'il appelait ses déficits, il vendait quelques photographies aux journaux friands de mariages, de sang, d'indiscrétions. Il appelait ça des « photos de voyeur », même quand on admirait sa virtuosité pour avoir réussi à capter le regard du désespéré de la rue Mouffetard pris en plein vol, les larmes de Merson le boxeur, les cris qu'on entendait presque à travers ses images.

Pour ses amis, Guillaume avait tous les atouts : cheveux blonds, yeux bleus, grande taille, force, jeunesse, plus ses trois territoires. Entre le Claridge et l'Alsacienne, il tenait les Champs-Élysées, c'est-à-dire Paris. Pour eux, le monde entier. En tout cas, c'était le meilleur point de vue sur l'Univers. Il suffit d'avoir l'œil. Ce n'était pas ce qui lui manquait.

Au Rond-Point, autour des jets d'eau, près des pelouses plantées de fleurs pour plates-bandes de sous-préfecture, s'il trouvait une jeune fille à son goût il la visait avec l'arme qu'il portait en bandoulière et qui palpitait au bout de ses doigts : son appareil de photo, un Leïca qu'il avait réussi à extorquer à sa mère et qui lui permettait d'approcher, de toucher le visage de l'inconnue convoitée, et d'attraper, si elle lui souriait bien, sinon la courbe de son sein, le velouté de son épaule, un rendez-vous immédiat. Il la prenait alors par la main, lui faisait traverser l'avenue et l'emmenait au Claridge. Quand il redescendait après avoir gentiment passé l'heure du déjeuner, il embrassait sa conquête au soleil, traversait seul et se plongeait dans l'ombre d'une foule rassasiée pour retrouver sa bande à qui il racontait sa bonne fortune, reprenant là où il les avait laissées les conversations de la veille.

Guillaume avait rencontré Marthe Amelin-Grüber à la Brasserie Alsacienne, alors qu'elle choisissait sur une planche les clichés d'un photographe de son journal à qui elle expliquait qu'en aucun cas une image posée, figée, ne pouvait lui convenir. Le petit rouquin barbu prétendait qu'il n'avait pas eu assez de temps, la photo étant avant tout un document, on devait prendre du recul. Elle claquait dans ses mains : il lui fallait de la vie. Elle criait à tue-tête de sa voix suraiguë « vie », « vie », « vie » ! qui résonnait dans toute la brasserie, mais il semblait ne pas comprendre. Elle lui demanda de partir sur-le-champ : « Vous êtes trop bête ! » et sortit d'une sacoche en simili-croco des feuilles de papier pour écrire son article.

L'homme n'avait pas tourné les talons que Guillaume bondissait vers Marthe Amelin-Grüber et s'emparait avec une délicatesse calculée du dossier de la chaise enfin libre. Son geste lent et mesuré avait l'intelligence des grands stratèges au moment de passer à l'attaque. Elle aurait levé des yeux furieux des papiers sur lesquels elle s'était plongée, immédiatement il aurait replacé la chaise là où elle était, et tant pis pour son avenir. Tant pis pour cette fois. Elle lui sourit, croyant que c'était un des serveurs de la brasserie qui, la connaissant bien, venait, après ses colères, lui réassaisonner son jus de tomate.

— Moi, je vais si vite quand je prends des photos que je ne m'en aperçois pas.

Il fit miroiter l'objectif de son appareil devant ses yeux.

— Je vends déjà beaucoup de photos à des tas de journaux.

— Ah ! moi, je ne prends que des exclusifs. J'ai découvert tout le monde. J'adore les jeunes, mais je prends au début ou je ne prends pas. Regardez ce qui se passe quand on emploie quelqu'un qui est passé par d'autres mains, quelqu'un d'usé. Avec qui avez-vous travaillé ?

— Avec personne. J'essaie. J'ai donné... cinq, six fois, des photos à des agences mais ça n'a pas marché. On trouvait que mes photos n'étaient pas assez posées.

— Qu'ils sont bêtes ! Ces gens ne comprennent rien !

— Moi, ce qui m'intéresse, c'est le mouvement.

— Le mouvement ? Malheureux, le mouvement, c'est tout !

Guillaume proposa de lui montrer son travail.

— Pas la peine. Je n'ai pas besoin de voir pour comprendre. Nous allons nous entendre. Allez, je vous emmène au journal. J'ai un reportage pour ma page d'après-demain et ils n'ont personne. Si je devais les attendre, mes pages ne sortiraient jamais. Au début vous serez à la pige et si tout va bien, très vite je vous ferai incorporer.

Comme Guillaume semblait ne pas y tenir, elle se retourna vers lui :

— Vous savez, bon journal ou pas, c'est là que les points de retraite comptent le plus. Ne me demandez pas pourquoi, comment ils s'arrangent, mais il y a un tas de combines. Je vous les expliquerai. On peut aller très loin nous deux.

Perpétuellement en lutte avec ses collaborateurs pour obtenir davantage de place dans sa page, l'avoir toute à elle, elle se targuait d'un titre de directrice qui en faisait sourire plus d'un. Dans l'attitude, le regard de chaque personne que Guillaume croisa dans le va-et-vient du bureau de Mag, il se heurta à une indifférence hostile. Elle le présentait pourtant comme le nouveau génie de la planète, ravie de les heurter. « Il faut les secouer », ricanait-elle, plaquant ses mains sur des

23

monceaux de lettres, de journaux, d'enveloppes, de paquets encore fermés. Sur sa table, se bousculaient paires de lunettes de soleil aux montures futuristes, rouleaux en carton, affiches, invitations géantes pour inaugurations, vernissages, soirées, qu'elle offrit à Guillaume. Tels deux chiens de garde aux aguets, une paire de téléphones trapus aux cadrans entourés de larges colliers de plastique blanc, marqués d'énormes chiffres noirs et rouges, dominait l'ensemble.

— Voilà mon empire ! C'est de là que tout part.

C'était sans trop y croire que Guillaume avait commencé à travailler pour Mag. La première fois qu'elle avait empoché ses bobines, il était sûr de ne jamais voir aucune de ses photos publiée Le lendemain, à l'Alsacienne, Mag avait brandi le journal en criant : « C'est en première page ! Regarde : ton nom en lettres capitales, à côté de ma signature, pas sur le bord du cliché. En caractères gras ! » Elle embrassait Guillaume, se pendait à son cou. « C'est la gloire ! » Ses amis, au fond de la brasserie, se poussaient du coude : que faisait-il avec cette folle ?

Le plaisir de Mag le touchait mais il n'arrivait pas à se hisser au diapason de son enthousiasme. Elle brossait un avenir de photographe unique. On se l'arracherait. Son ambition, sa ruse lui servi-

raient pour la gigantesque carrière qu'elle entre-
voyait. Qu'il garde cet air vacant, absent, s'il lui
permettait d'appuyer au bon moment sur le déclic et d'avancer. A-van-cer ! « Tu n'oublieras pas
de dire à tout le monde que c'est grâce à moi ton
premier reportage. » Il acquiesçait. « Moi, psalmo-
diait Mag, tout de suite, "clap", je vois la grande
photo, "clap", "clap" ! »

Marthe Amelin-Grüber gardait intacte sa passion pour tout ce qu'elle entreprenait et, malgré
les années, ne perdait rien de sa rapidité, de son
entêtement dans ses décisions, de la certitude de
ses choix, de son autorité, de sa joie. Petite, ron-
delette, les yeux pétillants, la tête collée aux épaules, les rares moments où elle n'avançait pas, se
taisait, rêvait une seconde, elle ressemblait à une
riche poupée du siècle passé, le visage si peu marqué par l'âge qu'on ne songeait pas à rire quand
elle disait : « J'ai une peau de jeune fille. » Elle
vous tendait alors la joue, le bras, et demandait de
toucher, maraîchère fière de sa tendre laitue. « Et
voyez, pas de fond de teint, rien, nature. » Chaque
jour elle changeait de tenue — costume, disait-
elle quel que soit le vêtement, l'accessoire, dans
lequel elle tournait sur place, enchantée de sa
nouvelle audace. Robe faite de piécettes de plastique argenté, chasuble en jersey framboise, cuissar-
des en vinyl blanc, occasion pour elle de montrer

ses jambes qu'elle serrait très haut, le plus haut possible, à pleines mains, comme un chevalier qui règle son armure, capeline couverte de tournesols noirs, ou rondelles d'acier tels les anneaux de Saturne entourant sa tête, elle exultait. Qu'un bracelet rempli d'eau lui prît la moitié de l'avant-bras, ou une cheville, elle faisait admirer : « Regardez comme c'est drôle. C'est nouveau. »

Semaine après semaine, bobine après bobine, Guillaume lui avait donné les clichés que sans faute elle faisait paraître. Elle le tirait par la manche, lui présentait ce qui, pour elle, était Paris. Étonné, il la voyait marchander tout : une paire de bas, des truffes chez Corcellet. Quoi qu'elle achetât, elle réclamait sa petite réduction. Cent grammes de pralines, le paquet sur la balance, pesé, prêt à être fermé, elle enfouissait sa main dans le bocal et s'ajoutait une belle poignée en chantonnant. Elle recevait deux places pour une première, elle les offrait à Guillaume : le soir elle restait avec son mari. Dès qu'elle le put, elle fit augmenter celui qu'elle n'appelait plus que « son » photographe. Très vite, elle lui permit des notes de frais bien que la plupart du temps elle l'emmenât déjeuner dans les meilleurs restaurants, les plus chers, les plus recherchés. Mag rendait célèbre ce qu'elle voulait grâce à sa page : on n'allait pas l'importuner avec une addition. Plus, pour l'attirer, on lui offrait déjeuner sur déjeuner. Il y avait même un restaurateur qui, le soir, livrait chez elle son dîner. Ces faveurs, dont elle abusait sans honte, ne l'empêchaient pas d'avoir des caprices, des colères, parce que le service était trop long, les oursins trop petits, le beurre trop dur ou trop mou. Alors Guillaume souriait au personnel, tentait de la calmer. Mag se reprenait avec une certaine fierté : elle n'était pas accompagnée par n'importe qui. N'avait-il pas le pouvoir de la calmer, de tout remettre en place ?

Contaminé par les caprices de Mag qui, plus rusée que lui, savait où et jusqu'où elle pouvait abuser, Guillaume devenait infernal. Bien sûr, il avait le don de relancer la conversation et d'amuser par sa tournure d'esprit déroutante, mais souvent il allait trop loin et Mag, conventionnelle malgré ses tenues ahurissantes et ses écarts, jugeait que certaines fois il valait mieux être prudente et ne pas l'emmener. Ces jours-là, Guillaume, qui ne voulait pas se priver de la table qui les attendait dans deux ou trois autres restaurants à la fois, appelait ses amis de l'Alsacienne qui, ainsi, profitaient indirectement du pouvoir de la presse.

Partagé entre l'agacement et la tendresse, il était touché par la grande histoire d'amour de Mag, et adorait qu'elle lui en parle. « J'ai épousé un grand joueur d'échecs, un grand joueur de billard, un grand solitaire. Quarante ans d'amour ininterrompu. Mais j'ai commis un crime vis-à-vis d'Antonin et me le reproche sans cesse : le journal. Je ne le trompe qu'avec lui. Que veux-tu, j'ai l'actualité dans le sang. » Elle ne comprenait que l'amour contenu dans un seul regard, un seul sourire, entre

27

deux bras. Pas ces aventures qui érodent, dispersent, affaiblissent, émiettent, brisent. Femme d'un pays, d'une ville, d'un fleuve, d'un vin, d'un parfum ; femme d'un seul temps de la vie : la jeunesse ; d'un voyage : les châteaux de la Loire ; d'un tempérament : la passion. Elle était la femme d'un seul amour qu'elle ne cessait de chanter, de magnifier, de vivre. Personne n'avait parlé à Guillaume avec cette fringale de ce bonheur-là. Il parcourait la vie de Mag comme une ville endormie. Elle lui faisait partager ses paniques, ses débordements, ses joies, l'emmenait dans ses puits de tristesses passées et, tout à coup, au sommet de félicités sans nom. Il nageait avec elle dans la Méditerranée de Saint-Tropez de 1932 pendant un championnat de bonnets de bains ; il cueillait des jonquilles avec eux avant la guerre, la veille de leur mariage, dans un petit village près de Strasbourg. Avait-elle trompé ? Été trompée ?

— C'est secondaire. Évidemment, il faut faire tout son possible pour empêcher.

Tout son possible était son maître mot. Tout son possible pour écarter de soi, du couple, le monde ennuyeux, jaloux, méchant, intempestif, pour être seul avec l'autre et l'infini.

Inépuisable dans l'évocation de sa passion jusqu'au moment où sa page du lendemain la reprenait. Elle reniflait trois, quatre fois, déjà prise par l'odeur d'imprimerie, tournait la tête de droite à gauche comme entendant les machines, refermait son stylo, enfouissait brouillons et ce qui traînait sur la table dans son sac, et courait, suivie de Guillaume, installer sa scène au milieu de la rue. C'est là qu'elle œuvrait le mieux, malgré les attroupements, les cris des automobilistes furieux et les klaxons. Indifférente à l'encombrement, aux insultes, aux fureurs, elle installait ses mannequins, fermant le poing à chaque déclic, et repartait avec Guillaume, satisfaite.

Ils avaient rendez-vous pour le petit déjeuner, tous les matins, à l'Alsacienne, et préparaient la journée. Comme elle était ponctuelle, s'il avait passé la nuit avec une fille au Claridge, il avait alors le champ libre pour sortir en toute quiétude, raccompagner à un taxi ou au métro, quitter décemment : il ne risquait pas de croiser Mag qui lui avait déjà fait plus d'une scène, l'ayant surpris bras dessus, bras dessous avec un des top models qu'elle lui avait présentés. Quand avaient-ils échangé leurs numéros de téléphone ? Dans son dos, pendant la séance ? Elle ne tolérerait pas que Guillaume se serve d'elle comme d'une entremetteuse. Comment voulait-il qu'ensuite elle ait un pouvoir, qu'elle puisse diriger ces créatures indomptables tant elles sont conscientes d'être le summum de la perfection ?

— Vous ne les refaites pas travailler, vous ne voulez que des nouvelles.

— Toi aussi, à ce que j'ai vu. Eh bien, pas avec moi !

Mag ne mettait pas les pieds à l'Alsacienne après dix-huit heures. Guillaume pouvait alors rire avec sa bande, raconter des histoires, recenser les filles rencontrées, aimées, oubliées, recroisées, marcher sur les tables, se pendre aux lustres comme au cou des serveuses et harponner les rares dîneurs qui s'aventuraient si tôt vers le faux moulin où baignait un faux cygne dans une eau agitée par un moteur bruyant qui n'arrêtait jamais de tourner. Il n'était privé de ces chahuts que lorsque Mag qui l'avait prévenu le matin l'obligeait à l'accompagner à la projection d'un film en avant-première, à un cocktail pour l'ouverture d'une boutique, ou à un vernissage, où l'on faisait grand cas d'elle qui, maintenant, présentait Guillaume avec fierté. Elle partait toujours vite. Il pouvait alors rejoindre ses amis.

Cette fois, elle traînait. Pour éviter de serrer d'autres mains vers lesquelles elle l'aurait dirigé et de sourire à mille autres sourires mécaniques, Guillaume prétendit que les sculptures noires de Tinguely, sortes de demi-locomotives pour monter au ciel, l'intéressaient au plus haut point. Il voulait les voir de près, s'isoler. Il ne pensait qu'à l'équipe de l'Alsacienne. Seraient-ils encore là ? Ils avaient décidé d'aller voir *Hair* à la Porte-Saint-Martin où il devait emmener un mannequin de Catherine Harlé. Il surveillait Mag qui sortait lentement de ce cocktail immense. Par qui encore était-elle retenue ? Il allait tout rater. Il se retourna pour ne pas avoir l'air de guetter son départ. Dans cette marée de têtes, il ne retenait que la plume agaçante qui s'agitait au sommet de son chapeau, quand soudain apparut, au milieu d'un cercle étriqué et solennel, la silhouette fine, élancée d'une jeune femme dont la beauté semblait la porter en avant. Son visage à l'ovale parfait, son regard scintillant, ainsi que sa façon d'avancer la tête et de la renverser en arrière en se mordant les lèvres, son sourire gai, son front haut, ses cheveux noirs, abondants, généreux hypnotisaient Guillaume. Quand elle riait, son nez fin se plissait pour former, sur l'arête, de petites rides malicieuses. Il suivait la ligne ouverte et allongée de ses sourcils, loin au-dessus des yeux d'un bleu aussi intense, aussi grave que le bleu des porcelaines de Delft. Sa main souple, au poignet fin, aux doigts fuselés, conduisait le flot de ses cheveux d'avant en arrière autour de sa nuque mobile, arrêtant un instant le balancement de son corps léger, flexible, qu'elle faisait basculer tantôt sur un pied tantôt sur l'autre. Attiré par la fascination de Guillaume, son regard se posa une seconde sur lui, le repoussa, lui fit comprendre que cette attirance lui était familière et inutile. Il lui sourit dans le vide : elle avait ramené son attention aux quelques personnes qui l'entouraient. Il en profita pour s'approcher et se présenter, lui dit des lieux communs à propos de Tinguely. Elle n'était d'accord sur aucun et lui tourna le dos. « Tinguely », reprit-il, développant son argument stupide sur un ton docte qu'il ne pouvait changer, parti sur sa lancée. Sa poitrine, sur laquelle s'éparpillaient quelques grains de beauté, lui coupait le souffle. Il s'enivrait de sa peau, extrêmement blanche. « Tinguely », dit-il encore. « Au revoir. » S'étirant avec grâce, prenant la dimension du temps et de l'espace, elle franchissait le seuil de la galerie. Il n'avait pu la retenir. Ne lui restait que la cadence des syllabes de son nom, qu'il avait réussi à lui arracher et qu'il répétait sans fin : Marie Décembre. Il le dit sur tous les tons, échafauda douze théories sur cette Marie Décembre qui l'avait poignardé. Il voyait les boucles de leurs D enlacées, se doublant, revenant sur eux, se couvrant, se découvrant, deux roues de bicyclette faisant la course sur le bord brodé d'un drap de dentelle. D comme désir, D comme demain, D comme début d'une belle histoire d'amour. Emmenée par des amis, elle quitta la galerie sans lui accorder un autre regard.

Deux jours plus tard, dans les salles froides du Musée Guimet, il la croisait accompagnée d'une femme aux oreilles couvertes d'étoiles de mer en corail et diamants. Il avait failli la croiser sans la voir. Seuls ses yeux bleus tachés de pointes de lumière noire l'avaient arrêté. Elle avait pourtant ce même port de tête fier où pesait la gravité de l'enfance, la même façon de glisser des nébuleuses. Elle se tenait droite mais, cette fois, frêle comme une fleur des champs. La bouche paraissait plus gourmande, l'attention sévère comme ennuyée par cette mode froide : robe très courte au bustier suspendu par des bretelles, sur un col roulé de la même couleur safran que ses bas de laine tricotée. La main tendue vers un dessin chinois, elle s'inclinait, expliquait. Guillaume, en passant, lui chuchota « Et Tinguely » puis s'enfuit.

Le soir même, au Théâtre des Champs-Élysées, l'émotion fut plus forte encore : il la découvrit assise trois rangs devant lui. Elle portait une robe noire découvrant ses épaules blanches, semblait prendre plaisir à cette dernière comédie d'Anouilh dans laquelle l'auteur avait soi-disant mis toutes les femmes de sa vie. Il attendait l'entracte pour voir si ses yeux renfermaient toujours la même lumière. Il courut vers elle. Debout sur un pied, attentive aux deux garçons qui l'accompagnaient, elle était inapprochable. Son rire jaillissait en cascade. Il but toute sa gaieté, comme son regard, à grands traits. Rester ainsi, à vie, à deux pas d'elle sans rien lui dire, qu'elle soit là, toujours là. Pourtant, il lui fit signe pour lui parler. En vain. Il hésita, se précipita et dit, malgré lui, alors qu'il avait préparé tout un discours : « Et Tinguely. » Il pensa qu'il se rattraperait à la fin du spectacle. Mais elle passa devant lui recouverte d'une cape de nonne. Silence de nonne, regards de nonne en le croisant. « Et Tinguely », eut-il juste le temps de lui crier.

Depuis ce bleu, l'éclat de cette gorge qui se renversait, elle apparaissait en pied, de dos, de profil entre les feuilles des arbres, sur le cou d'un pigeon, entre les volutes de fer de la rampe de l'escalier du Claridge, sur le couvercle d'une boîte de chocolats, sur les murs, parmi la foule. Il la rencontrait pour de faux au coin des rues, et pour de vrai se précipitait vers elle jusqu'au moment où il s'apercevait de sa méprise. Parfois c'était trop tard. Alors il s'excusait : « Je croyais que vous étiez quelqu'un d'autre que j'aime beaucoup... de loin... »

Il ne voulait pas l'aimer. Simplement la revoir. Pour sa façon de l'interroger du regard chaque fois qu'ils se croisaient en des lieux où ni l'un ni l'autre n'avait coutume de se rendre : un magasin d'aquariums près des Batignolles, un square pour enfants en lisière du bois de Boulogne, l'impasse Montespan, le parvis de Saint-Philippe, la station de métro Glacière. C'était pour lui les rencontres magnétiques. « Et Tinguely », lui disait-il chaque fois d'emblée, au lieu de bonjour, l'esprit vagabond, les yeux écarquillés, les lèvres pincées, incapable de rien ajouter.

Il passa, recroquevillé chez Solange, une semaine épaisse comme une fumée d'usine, malgré deux séances avec Mag, avant la réapparition de Marie un lundi 13 à 13 heures à l'Hôtel Drouot devant une série de 13 coquillages sculptés du comte Detrez. Elle dessinait des motifs sur un carnet et ne parut pas surprise de le voir surgir de nouveau : elle l'avait aperçu, la veille, à la terrasse de l'Alsacienne.

— Vous faisiez l'imbécile et je n'étais pas seule.

Elle refusa toutes ses invitations à dîner, à déjeuner, à se promener, réfléchit, puis inscrivit sur un ticket de métro son numéro de téléphone. Elle se détourna de lui et offrit son visage, son buste long, ses hanches étroites, sa peau claire, ses cheveux abondants au soleil, les yeux fermés, comme on se saoule de pluie. Il eut le sentiment qu'il allait la perdre à jamais s'il la laissait partir. Il lui proposa de lui montrer l'atelier de Brancusi, de passer deux jours à Deauville. Il n'y était jamais allé. Ou dans un haras. Il n'avait jamais vu de chevaux. Elle ne le croyait pas. Il la fit rire en lui demandant comment était un cheval : cinq pattes, deux têtes, des plumes ? « Je te jure, je n'ai jamais vu. » Il jouait très bien l'idiot. Elle éclatait de rire devant les mimiques de ce garçon qui n'avait pas idée d'un cheval ni d'un pré ni de la mer. « Il faut tout m'apprendre. » Il lui donna à son tour son numéro de téléphone qui, à deux chiffres près, disait-il, était le même que celui de l'impresario de Sheila. Il raconta que tous les jours, de Nancy, de Strasbourg, de Périgueux, du XVIIIe arrondissement, des aspirants à la célébrité se trompaient et tombaient sur lui qui leur faisait chanter à tue-tête dans le téléphone ce qu'ils avaient composé. Les rires de Marie lui firent trouver des refrains qu'il n'avait jamais entendus.

Il l'accompagna rue du Faubourg-Saint-Honoré, jusque chez Bellair, dont la façade de marbre noir veiné d'or encadrait les vitrines gorgées de joyaux, de papillons bariolés, de diamants roses, verts, de saphirs parme, d'émeraudes de Jaïpur. C'était là qu'elle travaillait. Elle le quitta très vite. Il traversa la rue et se posta, l'œil rivé aux fenêtres des bureaux. Un délice. Deux fois, elle vint changer le disque de sa voiture. Dès qu'elle apparaissait, Guillaume se rencognait. Il l'attendit trois heures.

Alors qu'elle sortait enfin.

— Je vous vois ce soir ?

— Non.

— Je vous emmène dîner.

— Non. Un autre jour.

— Alors, bonsoir.

Elle était pressée. Elle sortait avec une amie, une soirée au bois de Boulogne.

Il endossa le smoking de son père, se présenta à onze heures devant les salons de réception du Pavillon d'Ermenonville et tenta d'entrer au milieu d'un groupe d'invités. L'huissier l'arrêta et le dirigea vers des hôtesses et des listes de noms tapés à la machine où l'on ne trouvait pas le sien.

— Vous m'étonnez. Regardez bien. Je m'appelle Jean-Marie Décembre.

Ils avaient bien une Marie Décembre mais elle était arrivée. On appela les parents de la jeune fille pour qui le bal était donné. Il en profita pour déguerpir dans la nuit, et fit, à travers le bois, le tour du pavillon bordé d'un lac. Toutes les portes étaient soit gardées, soit fermées. Restait, sous un saule pleureur, à l'arrière, une esquisse de pont en faux bois qui se jetait, pour le romantique du décor, à l'assaut de cette folie d'où émanait un joyeux tintamarre. Malgré le risque de tomber dans l'eau, c'était la seule issue. Il n'hésita pas, se cramponna aux branches de ciment, s'aida des lianes du saule, et, de bond en bond, parvint à l'entrée des cuisines où la lumière crue, après cette difficile progression, lui donna la sensation qu'il était entré par le four. Un marmiton, poêle à frire dans la main, se retourna : « Un resquilleur ! » L'alerte donnée, une nuée de gâte-sauces se précipita vers lui qui fit le tour des fourneaux. En face, d'autres cuisiniers arrivaient. Il fila sur la gauche par une allée libre, se glissa parmi les pâtissiers qui lâchèrent trop tard leurs moules pour l'arrêter. Il était déjà entré dans la salle de danse où il disparut, plongeant sous un des grands buffets. Il rampa entre les jambes des danseurs parmi lesquels il se perdit. Il avait gagné.

D'un geste il remit de l'ordre dans ses cheveux et s'assit devant une table, attendit une dizaine de minutes et enfin aperçut, cheveux relevés, en robe turquoise, Marie assise à côté d'une amie qui lui montrait son bracelet. Guillaume ne bougea pas. Posément, un par un, il prit des verres, les aligna, superposa une autre file, une autre encore pour composer un étincelant échafaudage. Bien qu'occupée par la conversation de son amie qui ne cessait de lui parler, Marie ne quittait plus Guillaume des yeux. Il attrapait des verres sur toutes les tables alentour. Dès qu'il sentit que son mur avait atteint des proportions qu'il ne pourrait dépasser sans risques, il se leva, entoura la taille de Marie de ses bras, la forçant à se lever.

— Attends, tu vas voir...

Une minute ne s'était pas écoulée qu'un jeune homme prit la place laissée libre par Guillaume et posa un verre au huitième étage. Le mur trembla, le garçon voulut contrôler de ses mains impuissantes la pyramide qui se défit et s'écroula dans un fracas à peine couvert par l'orchestre. Elle l'entraîna en riant. Il dansait bien, elle aussi. Livrés à la musique ils dansaient côte à côte, face à face, dos à dos, se tenaient les mains, se lâchaient, se reprenaient, semblaient répéter des figures qu'ils improvisaient, au bonheur d'un public ravi du spectacle. Guillaume, moins entraîné que Marie, montrait davantage de fantaisie. Elle était plus souple, plus maligne. Seuls sur la piste, Guillaume la portait au-dessus de sa tête. Déchaînée, elle prenait des poses d'ensorcelée. Le numéro était si parfait qu'ils furent plusieurs fois applaudis.

Une musique lente lui permit de la prendre à nouveau dans ses bras. Tout d'abord il la serra contre lui si fort qu'elle fut obligée de s'écarter. Craignant qu'elle ne s'échappe, il la retint par la main, la força à une parodie de slow que danseraient à un mètre l'un de l'autre deux prudes qui, se trompant de musique, seraient plutôt partis pour un quadrille. Elle suivait avec esprit, buste tendu, demi-tours rapides, collait à son imagination, devançant les figures de cette trajectoire impossible qui l'amenait à cette complicité qu'il espérait depuis leur première rencontre.

Il lui caressait les cheveux, elle posait la tête contre son cœur.

Ils regagnèrent le Claridge dans la voiture de Marie. Elle était avec lui, chez lui. Il n'y croyait pas. Il la regardait à la dérobée. Elle était là, dans son décor, liquide à cette heure. Elle pouvait le trouver monstrueux, elle aurait raison ; magnifique, un palais de l'Inde, elle aurait raison. Ignorant deux regards croisés d'un personnel vague, elle marchait toujours à côté de lui. Fiévreux, il ouvrit les portes de l'ascenseur. Quand le tabernacle se referma et s'éleva, il fut aussi stupéfait que s'il avait ramassé l'hôtel, la ville, le monde dans leur montgolfière. Il respirait son parfum ambré, déposait un baiser sur son épaule. Il n'osait pas trop la serrer contre lui. Pas encore. N'avait-il pas oublié la clé ? C'était la troisième fois qu'il vérifiait. Et si elle trouvait la chambre trop grise ? Il avança les mains devant lui comme pour écarter la foule alors que tout dormait. Seules quelques paires de chaussures montaient la garde.

Adossé à la porte, il regardait Marie debout, ne la quittait pas des yeux. Ils restèrent longtemps ainsi, face à face, sans dire un mot. Il semblait s'emplir de ce silence d'exilés volontaires. Il n'avait rien d'autre à lui offrir qu'un verre d'eau. Après quelques gorgées, elle posa le verre et fit le tour de la chambre. Elle suivait sur le mur l'envol des oiseaux gris entre des motifs d'arbres qui se répétaient, comme si c'était le même oiseau qui voletait de bosquet en bosquet. Elle s'arrêta, s'assit devant la table, appuya sa tête sur sa main, sourit tendrement. Les yeux bleus de Marie se fermèrent. Il vint vers elle sur la pointe des pieds, recula, revint. Quand elle rouvrit les yeux, il était à genoux devant elle. Il prit ses pieds dans sa main, les caressa, les embrassa. Il passa son bras derrière elle, appuya sa joue à la sienne. Elle offrit ses lèvres. Avec précaution, il commença à la déshabiller.

Nus face à face, leurs vêtements à leurs pieds, ils s'enlacèrent, s'embrassèrent, se noyèrent dans leurs corps, se prodiguèrent d'inlassables caresses. Ses doigts suivaient toutes les lignes qui partaient de sa gorge, remontaient par d'autres chemins. Il éparpillait ses cheveux, les ramenait comme il l'avait vue faire. Il embrassait ses yeux, sa bouche, la pointe de son nez, toute sa féminité.

Longtemps, il la regarda dormir. Quand il s'éveilla, il la trouva déjà habillée. Pressée, elle avait commandé le petit déjeuner. Tout le dimanche était à eux, lui dit-il inquiet, et la nuit.

Le visage soudain fermé elle croqua sa biscotte, refusa une caresse et de l'embrasser. Elle était redevenue la passagère indolente, au regard insaisissable. Il tenta de la prendre dans ses bras. Plus question qu'il la touche : elle n'était pas faite pour cet amour-là. Pour elle, c'était un soir et jamais plus. Elle avait sa vie organisée. Il insista, mais ce dimanche elle devait travailler. Elle dessinait des bijoux chez Bellair, vivait dans l'or, les pierres précieuses. Elle avait toute une collection de parures à présenter lundi. Guillaume la harcelait de questions qui se résumaient à une seule : pourquoi ne voulait-elle pas rester ? Elle interrompit l'interrogatoire. Lui demandait-elle pourquoi il habitait cet hôtel ? Pourquoi il était arrivé à cette soirée où personne ne l'attendait ? Lui avait-elle trop donné ? « Jamais trop ! Pourquoi ne pas nous revoir ? »

Elle finit par avouer que depuis trois ans elle avait une liaison avec un avocat. « Bon avocat ? — Je crois. — Il est marié ? — Oui, mais il va quitter sa femme. » Il l'arrêta tout de suite. Lui l'avait aimée à la première seconde, depuis Tinguely. Il n'aimait qu'elle, l'aimerait toute sa vie. En plus il n'était ni marié ni avocat. Si cet homme n'avait pas tout abandonné pour elle le premier jour, il ne le ferait plus. Il dicta sa lettre de rupture qui tenait en deux mots : « T'aime plus. » Ou mieux : « J'aime Guillaume. » Il tenta de la serrer contre lui, la couvrit de baisers. « Il sait que tu as les yeux bleus ? » Il décréta qu'une liaison n'était pas un amour, simplement une commodité. Une commodité incommode.

Depuis, qu'elle entrât dans une boulangerie, qu'elle se retournât, une pile de journaux à la main devant le kiosque de Saint-Philippe, elle le retrouvait. Elle décrochait le téléphone, c'était lui. Non, non, non et non. Lui, c'était oui, oui, oui et oui. Elle dut se rendre à l'évidence : elle ne pouvait pas l'éviter. Guillaume demandait chaque fois si elle avait revu l'« autre ».

Il la ferait changer d'avis sur elle et sur lui. Jamais il n'avait éprouvé cette entente secrète, cette complicité parfaite, cet attachement profond, immédiat. Dès qu'elle fuyait, devenait vague, un poids formidable pesait sur ses épaules, la terre diminuait au point de se réduire à un grain de riz. Semelles collées au trottoir, il ne voyait plus. Brusques bourdonnements à ses oreilles. « Tu es touchant, mais je suis pressée. »

Caché, il attendait devant Bellair. Elle montait dans sa voiture. Par chance, un garçon boucher qui venait livrer déposa sa bicyclette devant lui qui aussitôt l'enfourcha. Guillaume fila dans le Faubourg. Elle traversa la Seine, il traversa la Seine. Elle fit demi-tour, il fit demi-tour. Il se cacha derrière les voitures, roula sur les trottoirs. À la Concorde, il la perdit. Grâce aux encombrements il la retrouva sur les quais. Elle entrait dans un restaurant. Il fit le guet longtemps.

Il les vit partir ensemble. Ils démarrèrent si vite qu'ils le laissèrent sur place. Il alla rendre la bicyclette à la boucherie et ne dormit de la nuit qu'il passa dans le hall de l'hôtel. Il suppliait le ciel derrière cette verrière obscure de lui faire oublier Marie. Non, qu'elle l'aime ! Non, qu'il l'oublie ! Et qu'elle n'oublie pas qu'elle l'aime, qu'ils pourraient être heureux tous les deux. Il déposa un mot à l'Alsacienne destiné à Mag : « Impossible venir aujourd'hui », et courut au Palais de justice.

Il haïssait ces soutanes, ces airs pieux, ces grands bruits et ces gestes assortis à la vanité de certitudes sottes. Une bombe bien placée et, à vie, il serait seul avec Marie. Comme l'autre nuit.

Dans la salle des pas perdus, il reconnut l'autre, l'attira. Peu importait l'audience, c'était urgent. Qu'il abandonne Marie ! Qu'il retourne à sa femme ! On ne peut pas vivre moitié avec l'une, moitié avec l'autre, cela rend tout le monde trop malheureux. Voulait-il divorcer ? Non ? Alors ?

L'avocat tour à tour stupéfait, amusé, cherchait à convaincre Guillaume de l'insensé de sa démarche. « Promettez-moi de ne pas revoir Marie », c'est tout ce que Guillaume exigeait. Un serment. On en prononçait cent dix mille chaque jour, ici. Lui ne voulait que celui-là. En tout cas, lui ne laisserait pas Marie. Il fallait être grand seigneur. Allez ! Merci ! Je vous revaudrai ça dans cette vie ou dans une autre ! En plus, Guillaume lui demandait de ne pas dire un mot de cette entrevue à Marie. C'était une affaire d'hommes.

Marie apprit la démarche de Guillaume.

— Comment l'as-tu trouvé ?

— Trouvé ? Pas trouvé, il n'existe plus.

Jour après jour, Guillaume arracha du temps à Marie, l'attirant avec les invitations que Mag recevait pour se rendre aux premières de cinéma, de théâtre. Marie, qui, contrairement à ce qu'il croyait, était émue par ses efforts pour la retrouver, pour inventer de nouveaux lieux de rencontre, s'attachait à la passion de Guillaume. Son engouement pour elle, sa fantaisie, ses excès la changeaient de l'obscure sévérité de son avocat aux théories fatigantes. Guillaume n'était pourtant pas de tout repos. Appelant dix fois de suite, venant au bureau matin, midi et soir, il s'installait au milieu des dessinateurs, des tailleurs de pierres, discutait avec les sertisseurs, les représentants, les grossistes, donnait son avis sur l'éléphant de jade aux yeux d'émeraude qu'ils mettaient sur pied pour l'exposition du Grand Palais. La maison Bellair lui appartenait. Comment avait-il pris cette place ? Comment était-il entré jusque-là ? Pourquoi était-il sur ce tabouret, à décréter, rire, parader, charmer ? « Guillaume, va-t'en, tu nous fais perdre un temps terrible. »

Mais le ton avait changé bien qu'elle hésitât encore, et les nuits au Claridge se renouvelèrent et devinrent nombreuses. Le matin il la gardait davantage. Quand il la forçait à lui dire pourquoi elle l'abandonnait, elle prenait la voix pressée de la femme d'affaires très occupée. Ne se rendait-elle pas compte qu'après cette plénitude, malgré Mag, Solange, le Claridge, les Champs-Élysées, tout ce qu'on voudra, sans elle il était dans le vide absolu. Quand il téléphonait, il n'avait pas autre chose à dire que « Je t'aime » et « Passons plus de temps ensemble ». Elle lui donnait déjà beaucoup mais, lui, il lui fallait de l'illimité. « Je t'en supplie, Guillaume, laisse-moi, raccroche. »

C'était un drame quand elle ne pouvait pas déjeuner avec lui. Surtout quand il soupçonnait un mensonge. Comment ? Miss Bellair voulait la voir avec des croquis ? Pourquoi pas après déjeuner ? Quoi ? Au George-V une cliente en transit pour deux heures voulait essayer la parure en rubis et diamants qu'elle avait commandée pour le bal de la Croix-Rouge ? Luxe de détails équivaut à mensonge. Chaque fois que son père oubliait un rendez-vous arraché par Solange, il inventait les plus abracadabrantes situations : le train s'était arrêté en rase campagne, un cousin de Toulouse au moment de partir lui était tombé dessus. Pour les rendre plausibles il ajoutait : « Même qu'il pleuvait. » Touche naïve qui, croyait-il, allait faire passer le reste. Hélas, ce « même qu'il pleuvait », il l'avait employé trop souvent, depuis trop longtemps et, avant qu'il n'ouvre la bouche ou quand un invité commençait à raconter des sornettes, Solange et Guillaume l'interrompaient par un « même qu'il pleuvait » dont il se servait maintenant avec Marie pour la faire taire.

Elle ne savait plus que faire pour contenter Guillaume. Que lui fallait-il ? Que du jour au lendemain elle abandonne amis, famille et toutes ses habitudes ? Qu'elle lui promette le mariage, un enfant et de passer toute sa vie avec lui, et je ne sais quoi encore ? Elle avait besoin de reprendre son souffle. Une certaine distance. Une distance pour quoi ? Pour être plus loin ? Et pendant ce temps voir l'avocat ?

Après l'avoir attendue de manière discrète, l'avoir filée comme un as du Quai des Orfèvres, maintenant il la suivait à visage découvert. À dix mètres. Elle le semait, se rendait enfin toute tranquille dans un restaurant au fin fond de Paris, Guillaume y était déjà installé. Chaque fois qu'elle poussait une porte, Guillaume était de l'autre côté.

Qui le renseignait ? Il disait son instinct sauf que, premièrement, il la guettait matin et soir, deuxièmement, il soudoyait Madame Boyer, la standardiste de Bellair à qui il offrait des bouteilles de whisky dont elle se gorgeait derrière un paravent de moire verte. En échange de quoi, chaque soir, elle lui glissait, sous l'essuie-glace de la troisième voiture stationnée devant le magasin, la liste complète des appels téléphoniques que Mademoiselle Décembre avait reçus dans la journée.

Marie ne lui échappait que lorsqu'elle sortait par la porte de derrière. Et encore : le garçon de courses ou une vendeuse faisait signe à Guillaume à travers la vitrine. Le soir, s'il l'avait manquée, il était devant chez elle. À peine écartait-il les bras qu'elle se laissait glisser contre son épaule et il oubliait la douleur de l'attente, les piétinements, la rancune, la colère, la jalousie, le froid. Ils allaient le long des rues grises et bleutées entretenant leur amour à travers les quartiers déserts de la nuit.

Mais revinrent vite ce que Guillaume considérait comme des traîtrises. Elle l'avait averti qu'elle ne pouvait pas dîner avec lui.

— Que fais-tu là encore ? Je t'avais dit que je ne pouvais pas te voir.

— On peut prendre un verre.

— Non. Je ne peux pas. Je dois rentrer me changer. Guillaume, j'ai besoin de me reposer.

— Je comprends.

Et, bien qu'elle voulût partir seule, il monta dans sa voiture. Sa place était à côté d'elle. Une fois, deux fois, dix fois, elle céda. La onzième, elle ne se trouvait plus chez Bellair en fin de journée. Elle était chez ses fournisseurs, et de là partait où elle voulait.

Des heures durant, il continuait de l'attendre malgré vent, pluie, son appareil de photo plaqué sur sa poitrine. Chez Bellair, on riait. Qui a, matin et soir, un photographe à sa porte ? Brigitte Bardot, Soraya et Marie Décembre. Marie « La Star ».

Les soirs sans Marie, Guillaume était perdu. Trop petite, sa chambre de jeune homme, trop pleine. Grotesque cet avion en métal peint qu'il vénérait il y a quelques mois encore mais sur lequel Marie n'avait pas daigné un regard. Bon à jeter aux orties. Affreuses ces reliures de grands livres rouges de Jules Verne qu'elle détestait. Il les vendit pour lui acheter une alliance, mais c'était trop tôt. Chaque nuit sans elle, parce qu'elle avait voulu rester chez ses parents où il l'avait vue rentrer à trois heures du matin, il rouvrait le tiroir où il avait enfermé le cercle d'or.

Il n'était pourtant pas si seul. Elle ne le trahissait pas tant que ça : il avait tout de même droit à quatre, cinq soirs par semaine, parfois six. Mais le jour, ou plutôt la nuit qu'elle l'obligeait à passer seul durait si longtemps. Il se berçait de ces folles suppositions, toujours les mêmes, et se postait devant chez elle avenue d'Eylau. Après une ou deux heures à fixer la muraille grise, il passait au Claridge où, dans un coin, il attendait, puis montait regarder ses planches de contact, mais il n'avait plus l'œil. Demain. Et recommençait la torture au son des disques les plus tristes qu'il mettait sur un petit pick-up apporté pour ces fameuses nuits.

Il tenta de lui arracher les week-ends. Ils iraient dans les environs de Paris dans une auberge.

— À Deauville.

— Non, Guillaume, pas ce week-end !

— Tu m'as promis.

— Oui, mais pas tout de suite. À peine je te concède quelque chose, tu te rues dessus. Laisse-moi le temps de m'organiser. Il faut que je prévienne mes parents.

— On partira vendredi.

— Si tu veux.

Elle avait l'œil dur.

Le vendredi matin, Mag, excitée par un scoop, demandait à Guillaume de venir exceptionnellement le lendemain pour un reportage. Après les faux bonds de ces dernières semaines, l'argent qu'elle lui avait avancé, la certitude qu'il serait là — ne s'était-il pas toujours targué d'être disponible ? —, il ne pouvait refuser. Le soir, place des Ternes, il demandait à Marie de repousser leur départ d'une journée.

— Non, partons maintenant, j'ai promis à Josyane de l'emmener.

— Qui est Josyane ?

— Josyane Delormeau. Une amie très sympathique, tu verras.

— Nous devions partir tous les deux.

— Eh bien, on sera trois. Pourquoi pas ? Elle a envie de se reposer.

Guillaume hurla, tourna en rond. C'était ignoble de lui faire un coup pareil. Un week-end en tête à tête lui faisait-il si peur ? Amer, il trouva la force de plaisanter mais montra son désarroi. Inégalité du combat puisque c'était lui qui décidait de tout et elle qui devait se plier. Marie promit d'appeler Josyane, dit qu'elle la verrait une autre fois. Ils s'embrassèrent et s'aimèrent de nouveau.

Pendant qu'elle téléphonait, Guillaume, dans la cuisine, lui préparait des œufs au plat. Porte ouverte, dos tourné, il lui expliqua que c'était aux disputes que l'on reconnaissait les vraies histoires d'amour. Il cassa un œuf, un autre, la poêle accrochait, il les poussait de sa spatule en bois. Tandis qu'il les faisait glisser sur l'assiette de Marie tout en poursuivant son monologue amoureux, il lui demanda d'être le lendemain devant le Claridge, à midi pile, avec sa voiture pour qu'ils puissent partir sitôt Mag quittée. L'assiette à la main, il trouva la salle à manger vide, sa chambre vide, celle de Solange vide. La chambre de son père, la salle de bains, le balcon, tout était vide. Il courut dans l'entrée, découvrit la porte légèrement entrebâillée, se précipita dans l'escalier, dans le hall, sur le trottoir. La voiture de Marie avait disparu. Il remonta, posa enfin son assiette et prit les clés de la Simca de Solange dans un tiroir.

Il fonça à travers le bois, l'autoroute de Deauville, fila vers la mer à toute allure, slalomant à travers la foule du vendredi soir. Alors qu'il s'était dégagé du flot des voitures, deux motards l'obligèrent à se ranger sur le côté. Un nuage de fumée s'échappait du capot. La petite voiture de Solange n'avait pas résisté. Pourquoi cette course ? À quoi menait-elle ? Comptait-il vraiment la retrouver sur la route et faire comme la police : l'obliger à revenir, à rentrer ? Quel droit avait-il sur elle ? Il détestait cet affolement, cette violence. Le sourire de Marie le harcelait. Il se sermonnait : et s'il ne l'aimait pas ? s'il n'aimait que son amour pour elle ?

Sortant enfin de la voiture, en pantoufles rouges, il avoua qu'il s'était disputé avec la femme de sa vie. Elle était partie. Avait claqué la porte. D'où cette poursuite. S'ils ne l'avaient pas arrêté, peut-être l'aurait-il rattrapée. Il leur devait son malheur. Ils l'aidèrent à ouvrir le capot, prévinrent un dépanneur, le saluèrent.

Il s'endormit sur le lit de Solange. Pas une seconde l'image de Marie ne vint troubler son sommeil. Au réveil, il ne se souvenait que de la voiture abandonnée qu'il faudrait aller rechercher après le reportage pour Mag. Quel soulagement de ne plus aimer. Pourtant, en faisant chauffer son café, dans la tasse noire il vit le sourire de Marie. Du bruit sur le palier ? Marie revenait. Il courut ouvrir. Personne. Elle devait l'attendre en bas. Il se précipita à la fenêtre. En bas, les voitures tournaient, pas de Marie. Elle devait être à Deauville. Il appela tous les hôtels des environs. Les moindres auberges, les relais. Il n'avait plus le temps.

Mag, la bouche plus rouge que jamais, l'attendait piaffant d'impatience, prête au combat. Dès qu'elle l'aperçut, elle partit à grandes enjambées vers l'avenue Montaigne, criant sa joie. Les moulinets de ses bras pris dans les plis d'un poncho jaune et rouge lui donnaient les allures d'un cerf-volant qui n'aurait appris que dix mots qu'elle clamait au vent : « scoop », « formidable », « plus grand que Dior », « les seuls », « première fois », « nous », « moi », « lui », « Baranguin », « l'avant-veille de sa collection », « la répétition générale », « les plus belles filles de Paris, les plus chic ». À mesure qu'ils se rapprochaient de la célèbre maison, les phrases s'allongeaient. « C'est un grand honneur ! Tu vas assister à une véritable cérémonie secrète ! Je te dis d'avance qui il y aura : quatre personnes et nous, pas plus ! »

Quand ils pénétrèrent dans le salon beige aux fenêtres aveuglées par des tentures épaisses, un silence mortel les accueillit. Mag avait omis un détail : ils n'étaient pas invités. Avait-elle envoyé à Baranguin, comme elle le prétendait, dix lettres, cinq gerbes de fleurs ? Rien n'était moins sûr. On chuchotait.

Baranguin, abeille royale, était plus protégé qu'un empereur de l'ancienne Chine : à chaque coin du salon, bouchant les issues, premières, vendeuses, secondes, même Fulbert le manutentionnaire, avaient surgi. Seules les petites mains n'étaient pas descendues des ateliers, occupées à faufiler, ourler, broder, piquer, repasser, finir. Tous étaient suspendus aux fines lèvres, pieuses et gourmandes, de Monsieur Baranguin. S'il murmurait « dehors », c'était l'hallali. La Maison n'attendait que ça. Malgré l'hostilité flagrante, Mag, tout sourire, souveraine, avançait vers le couturier, poussant Guillaume devant elle, sourde aux grondements des premières, outrées de ce viol. On murmurait que le défilé ne commencerait pas tant qu'elle serait là. Ignorant la gêne de Baranguin, replet, timide, petit, chauve, extrêmement poli, Mag prit possession d'une des chaises en bois doré alignées devant le tapis de toile blanche :

— Allons-y ! J'ai promis un feu d'artifice à mon plus bel espion.

L'intruse ayant sorti son calepin, croisé ses

jambes, regardait droit devant elle. Baranguin, une main plaquée sur ses yeux, l'autre faisant reculer son double menton dans sa gorge, se recueillit quelques secondes. À dix minutes de la confrontation entre ce qu'il avait imaginé et ce qui descendrait des ateliers, pouvait-il prendre le risque d'une crise de nerfs ? La collection, c'était sa mort ou sa résurrection. La flanquer dehors, ce serait s'épuiser et se fâcher avec son journal. Il lui tendit les bras, elle lui fit une sorte de révérence. Il la releva et l'embrassa. Non seulement il lui pardonnait sa venue, mais l'en remerciait. C'était une sainte d'être là malgré la chaleur, le week-end. Aussitôt la petite troupe rassurée disparut du salon.

Pendant le défilé des premiers modèles, tout sembla faux : le recueillement du couturier, l'allure avantageuse des filles, chacun était ailleurs. Les mannequins arrivaient de leur démarche alanguie et provocante. Comme elles n'osaient pas regarder Baranguin, croiser ses yeux critiques et anxieux, ni se permettre aucune complicité entre elles, frappées dans cet instant solennel et secret par la présence de ces étrangers, elles tournaient en fixant Guillaume qui, lui, ne voyait passer que le dos de Marie, les jambes de Marie, la bouche de Marie, les cheveux de Marie. Manquait son sourire qu'il ne retrouvait que s'il fermait les yeux.

Tout à coup Baranguin sortit de sa torpeur et, maître de lui, son métier ayant repris ses droits, subjugua Guillaume par la précision de ses gestes et une détermination peu en accord avec ses joues molles, son embonpoint, son physique un peu délaissé, la douceur de sa voix. Il posa ses mains sur les hanches d'une fille qu'il venait d'arrêter. Un pied en l'air, elle tournait comme une statue sur son socle. Il inspectait son modèle. Quant à Mag, elle était dans l'atelier de Michel-Ange.

— Eh bien, Guillaume ! Tu rêves ? chuchota-t-elle.

Il s'approcha par bonds successifs du petit groupe que formaient Baranguin, une première, et le mannequin sur qui le couturier avait déroulé un large rouleau de satin crème auquel il donna rapidement une forme. Mag aurait tout : la longueur de la robe, la ligne, le devant, le dos, Baranguin et son centimètre, Baranguin et ses ciseaux, la robe-fleur, le jardinier et son sécateur.

Il se tourna vers Guillaume : « Tout en biais, n'est-ce pas ? » comme s'il s'adressait à quelqu'un du métier. Derrière son objectif, il saisissait la certitude dans le regard, le doute au coin des lèvres. Baranguin s'assit, épuisé, et se laissa photographier seul au milieu de la foule des chaises vides. « S'ils ne me tuent pas après-demain, c'est ce métier qui va m'achever. » Il se releva brusquement, traversa le chemin de tissu blanc où défilaient les mannequins. Les épingles serrées entre ses lèvres brillaient dans le viseur, ses ongles qui repliaient du tissu se reflétaient dans la surface vernissée de la ceinture. Ses yeux, sous l'effort, semblaient déborder de leurs orbites. De nouveau plongé dans son travail, enchanté, il oublia Guillaume qui en profita pour s'approcher encore plus près.

Dans la rue, Mag triomphait. « La Une, c'est la Une, la Une à tout coup. Ce qu'on va faire... mais ne le dis à personne, on donne une photo au journal, on vend les autres à une agence. C'est très rare Baranguin, personne ne l'a eu. Et on partage 50/50. »

Guillaume avait dominé ses sentiments en présence de Mag. Dès qu'il s'était retrouvé seul, la douleur l'avait cloué sur le macadam, poings serrés, larmes aux yeux. Et Marie, où était-elle ? avec qui ? Il se reprit et se dirigea, comme en apesanteur, vers le Rond-Point. Les façades de l'avenue qu'il connaissait par cœur lui parurent étrangères. Il se mit à courir pour fuir ce sentiment d'irréalité, fit demi-tour : Marie était sûrement place des Ternes à l'attendre. Personne. Pas de message sous la porte ni sous le paillasson, pas de lettre chez la concierge. Il courut se réfugier au Claridge.

De la fenêtre de sa chambre, il apercevait les promeneurs des Champs-Élysées. Il disposa par terre, comme un jeu de cartes, les photos de toutes les filles rencontrées, aimées, délaissées, oubliées. Au dos des premiers sourires capturés, un prénom était écrit, une date, une heure, un lieu, parfois quelques mots qui, aujourd'hui, n'avaien guère de sens. Très vite il n'avait plus rien noté la profondeur du regard, l'inclinaison du visage, l'attitude, le plaisir suffiraient au souvenir. Il compta comme un mage anxieux les figures muettes de son jeu de tarots. Il interrogea les bouches fermées, les yeux vides : qui avait-il aimé autant que Marie ? qui avait-il revu ? croisé de nouveau ? Il élimina les doublons, les flirts de son oncle, la secrétaire du Claridge, les mannequins, et classa par genres : deux rangées de blondes, trois de brunes, une pour les autres. Restaient une vingtaine de portraits qu'il fixa au mur en face de la grande armoire, épinglés comme des papillons. Il était persuadé que toutes l'avaient quitté, avaient fui. Il y avait quelque chose de factice dans leur gentillesse, dans ces poses qu'elles auraient pu prendre pour n'importe qui. Ces photos étaient ratées. Elles manquaient de ce que Marie appelait un « abîme ». Il s'était servi de son appareil comme d'un piège, vulgaire moyen pour séduire. Ce n'était pas leur visage qui comptait, mais les quelques instants qu'ils allaient passer ensemble. Dans son souvenir, elles étaient toutes magnifiques, troublantes. Elles n'étaient que mignonnes et pas trop mal faites. Il retira une à une toutes les figures du tableau de chasse, ramassa en vitesse celles qu'il avait laissées sur le tapis, descendit dans le salon-verrière du rez-de-chaussée plongé dans l'obscurité froide et angoissante de ce samedi soir. Pas de cheminée où les brûler. La nuit déjà. Il croisa un couple de rêveurs enlacés qui montait vers sa chambre. Il entendit au loin la

56

femme rire et cette phrase : « Il portait une veste d'albatros. »

Et s'il déposait les photos chez Marie avec ce mot : « Moi aussi, je peux partir avec une fille » ? Il se mordit la lèvre, honteux de cette pensée vulgaire.

Passage du Lido, il commença à distribuer ses passions d'une heure aux spectateurs qui sortaient de la revue, abrutis de plumes et de fesses. Certains empochaient sans regarder, d'autres refusaient ou, après avoir accepté, jetaient au caniveau ces sourires prudents qui venaient trop tard. « Louise ! » s'écria avec un accent germanique un solitaire qui avait retourné la photo. « Je veux la connaître ! Vous n'en avez pas d'autres ? Une rousse ? » Guillaume comprit alors le malentendu qu'il avait lui-même installé, lui arracha la photo des mains, ramassa à la hâte celles déjà salies sur le trottoir, réclama en anglais, en italien, ses souvenirs bradés. « Si, si, vous avez une photo, rendez-la-moi, je me suis trompé, regardez si vous ne l'avez pas glissée par hasard dans le programme de la revue. » Il les obligea tous à lui rendre les images. Quand il revint au Claridge il les compta. Il les avait récupérées. Il descendit vers le Rond-Point et les noya dans les bassins.

Place des Ternes, il s'endormit devant le téléphone comme on s'évanouit. Réveillé en sursaut, décidé à retourner devant chez elle avenue d'Eylau, il passa la matinée à changer de vêtement. « Il faut que je la surprenne, qu'elle ne me reconnaisse pas. » Il sortit blue-jeans, pantalons de velours, de toile, blousons, vestes, chemises. Elle avait tout vu. Il plongea dans la chambre de son père, enfila tour à tour chemises, cravates, costumes, pour découvrir dans la glace de la grosse armoire un notaire, un zazou, un paysan des Karpates, un dandy. Il combina la veste du voyageur de commerce avec le pantalon du patineur artistique. Gilet noir, nœud papillon rouge ? Ridicule. Il recommença, assortit les teintes, les époques, se forçant à penser aux effets de son père, grand séducteur devant l'Éternel — et pas seulement. Il finit dans un costume de lainage blanc aux revers trop larges qu'il enfila sur une chemise de la même couleur que ses yeux, posa de nouveau devant la glace, de trois quarts, de profil. Cette fois cela pouvait aller. Il approcha, se tira la langue. Il se détestait mais sortit en chantant, sûr de la conquérir.

Elle le prit par la main, lui caressa les cheveux. Il était beau, elle l'aimait. Il avait été malheureux. Elle aussi. La pluie à Cherbourg, sans lui, était d'un ennui incommensurable. Elle l'avait appelé mais le téléphone était sans cesse occupé. Josyane avait passé le week-end à traîner de boutique en boutique pour des bottes en caoutchouc qui ne lui convenaient jamais.

Il joua le rôle du jeune homme chic sans défaillir, réussit à cacher que ses mains tremblaient, que sa voix était plus sourde, presque essoufflée, que son rire était forcé. Sur son lit étroit, il l'enferma dans ses bras, la couvrit de son corps, qu'elle ne lui échappe pas d'un millimètre. Il compensait le vide de la veille, son absence, prolongea le plaisir aussi longtemps qu'il le put.

Marie heureuse avec lui place des Ternes était son plus grand bonheur. Marie gaie, régnant sur son domaine, au balcon, comme lui autrefois, assistant au carrousel des autobus qui tournent sans fin autour des baraques de fleurs ouvertes sur la place, écoutant les cris des vendeurs de journaux, mélopées graves. Il aimait tant ce semblant d'abandon qu'elle faisait régner autour d'elle. Souvent, sur la pointe des pieds, il revenait dans le couloir et la regardait se reposer, dans cet étirement auquel elle s'abandonnait avec un plaisir animal dès qu'elle n'était plus sur ses gardes.

Toute la presse s'était emparée du reportage de Guillaume. Portée par son succès, Mag s'octroya, en plus de sa rubrique féminine, une colonne dans la page parisienne qu'elle guignait depuis cinq ans et qu'elle ne comptait plus lâcher.

Ils dînèrent tous les deux chez Maxim's pour fêter l'événement. Ils avaient été malins mais il fallait aller plus loin : avec son physique, son talent, sa façon d'être à l'aise partout, Guillaume pouvait obtenir des photos plus difficiles, plus indiscrètes.

— Tu as l'air d'un ange, on ne se méfiera pas de toi.

Elle avait préparé une liste de célébrités inabordables. Ne s'était-il pas beaucoup amusé chez Baranguin ? N'était-ce pas extraordinaire, passionnant de recommencer avec d'autres ? Il se frottait les mains, les épaules creusées par le plaisir qu'il pressentait, excité par les récits qu'elle lui faisait de vies exceptionnelles. En même temps il était terrifié d'affronter, seul cette fois, ces monstres sacrés.

— Et si je suis découvert ?

— Les gens adorent que l'on parle d'eux. Et puis quelle importance, ils savent que tout est faux. Ce que je veux, ce sont des clichés. Après je brode. Toi, tu passes à d'autres. Les célébrités ce n'est pas comme les éléphants, il en repousse chaque jour.

Le seul personnage que Guillaume avait envie de connaître était absent de la liste de Mag. Pourtant il n'y avait pas plus secret. Mendoza n'était pas seulement un peintre de génie ; ses années de silence, sa mort annoncée dix fois, ses résurrections, son œuvre restaient un mystère dont Guillaume brûlait d'approcher.

Il habitait le Ritz six mois par an. Guillaume connaissait trop bien l'organisation des grands hôtels pour ne pas savoir qu'un homme célèbre y est plus protégé qu'un prisonnier aux fers dans une forteresse. Respecter les usages : écrire une lettre, passer par la réception, interroger portiers, concierges, garçons d'étage, le ferait éconduire. Il monta donc vers les suites d'un pas décidé. Par chance, il n'eut ni à chercher ni à frapper ni à attendre : les doubles portes d'un salon s'ouvraient pour laisser passer une table roulante chargée de tasses de café, de verres d'alcool et de quelques fleurs d'hibiscus fanées. Au fond, le peintre fermait ses rideaux à l'aide d'une canne de bois verni. Guillaume s'avança au milieu d'une pièce au sol recouvert d'un épais tapis persan à dominante rose. Arrivé au milieu de deux rangées de fauteuils, il lui sembla être allé trop loin. Sur la cheminée trônait un cartel bruyant dont chaque seconde résonnait de plus en plus fort. Tousser pour montrer qu'il était là ? s'excuser ? Mendoza, qu'il n'imaginait pas si grand, allait d'une fenêtre à l'autre. Les longs bras, la maigreur, la drôle de chevelure à la fois très noire et très blanche, la naïveté dans le regard clair, le nez comme un bec d'aigle, les gestes de ses mains qui flottaient dans l'air, faisaient penser à ces grands oiseaux qui ne flirtent qu'avec les plus hautes cimes. Il boitait légèrement. Sur ce déséquilibre contrôlé avec élégance, il se retourna, vit Guillaume mais ne dit mot, comme si sa présence était des plus normales. Il voulait fermer un autre rideau. Un anneau accrochait. Guillaume, plus grand que lui, s'approcha pour l'aider, balbutiant une phrase si mal bâtie que, pour la rectifier, il se contredit tant et si bien que Mendoza ne put savoir s'il avait affaire à un peintre, à un photographe ou à un modèle.

— Ça m'est égal ! Posez votre appareil près de la porte.

Il l'avait pris par l'épaule comme s'il s'agissait d'un vieil ami et l'avait conduit vers un canapé où ils s'assirent tous deux. Juan Mendoza regarda Guillaume droit dans les yeux.

— Ici tout le monde oublie quelque chose, et fatalement on revient mais ce n'est pas toujours ouvert. Toute cette foire autour de Gustave Moreau est ridicule. Il a son musée, ça suffit ! C'est le type même de la vieille lune : peintre pour dames mystiques, pédérastes ou aveugles. J'en connais qui sont les trois à la fois. Le professeur Moreau, lui, est bon médecin. Il habite toujours boulevard Malesherbes ? Tout petit, tout perdu dans son gigantesque appartement ? Il vit toujours ?

— Toujours, affirma Guillaume sans savoir.

— Dites-lui que j'aimerais bien le revoir, commandez du thé, faites venir mes petits sablés. Tout le monde sait que je suis là. On me dérange sans cesse, c'est infernal. Il faut que je change d'hôtel. Je suis connu, tu sais.

— Allez au Claridge !

— Non, c'est moche. Et puis les Champs-Élysées sont trop en pente.

D'après Mendoza, on ne pouvait que monter les Champs-Élysées. L'inclinaison, à la descente don-

62

nait aux soldats, aux touristes, a fortiori à lui qui
avait de trop petits pieds, une démarche d'oie inquiète.

— Je vous dérange ?

— Ça m'est égal. Vous n'êtes pas le seul. Cher-
chez-moi une trentaine de garçons et de filles d'à
peu près votre âge. On va les mettre sur les
Champs-Élysées, après on les fera défiler sur une
route en rase campagne, une route bien droite,
vous verrez la différence. Trouvez les plus beaux,
on n'a pas besoin de monstres.

L'insistance sur l'extrême beauté désirée fit sourire Guillaume, percevant en écho son oncle Anatole qui exigeait les plus belles voitures, les plus
beaux bagages, les plus belles chaussures, les plus
belles cravates, les plus belles femmes, il vendait
bien les plus beaux fromages.

— Vous avez quel âge ?

— Dix-neuf ans.

— C'est un peu vieux déjà. Alors vous faites du
théâtre ?

— Non.

— Vous devriez, et puis après faire autre chose.
Dessiner des routes.

— Je m'intéresse...

— Ça m'est égal. N'allez surtout pas m expliquer que vous êtes aux Beaux-Arts, que vos professeurs vous conseillent pour la perspective de placer la feuille comme ci, comme ça, devant, à la
verticale, derrière, ça m'est égal. Ne me deman-

dez pas mon avis sur cette cuisine, parce que moi je vous fous dehors.

Le peintre baissa la voix et chuchota, ses grands yeux bleu pâle en coin : « Dix-neuf c'est trop. Il me faut entre quatorze et seize maximum avec aucune idée et des cheveux longs.

— Qu'allez-vous leur demander ?

— De marcher. Vous allez voir, on va bien s'amuser. Si vous leur dites que c'est pour moi, ils feront bien plus. Mais ne leur dites pas.

— Comment voulez-vous qu'ils acceptent ?

— Ça m'est égal ! Ce n'est pas mon affaire. Ce n'est pas moi qui suis allé vous chercher. »

La main droite du peintre, puissante mais petite, fermée comme pour aboutir au crayon que Guillaume devinait, jouait avec une sonnette d'onyx. La peau tachée ici et là rappelait l'âge, démenti par le regard. L'air formidablement inquiet, nerveux, il semblait doué d'une force de Titan. Les deux hommes s'installèrent devant une table de marqueterie d'acajou où l'on avait posé le plateau du thé, malgré les buissons de camélias et de lys dont l'odeur entêtante prenait Guillaume à la gorge.

Mendoza avait changé d'attitude et de voix. Il demandait à Guillaume s'il avait vu son exposition à Rome, ce qu'il pensait des grands chevaux dans l'escalier. Guillaume avoua qu'il ne connaissait pas ses dernières œuvres.

— Tu n'es pas allé à Rome ? Pars au plus tôt voir mon exposition. Va de ma part chez Balthus à la Villa Médicis, c'est un homme civilisé. Je n'ai rien à lui dire, mais je n'ai rien à dire à personne. C'est ce qu'il y a de plus difficile à faire comprendre aux gens. Que puis-je faire pour toi ? Rien. Je ne fais rien pour personne.

— Faites-moi nommer ambassadeur en Italie !

— Tu restes dîner avec nous. Moi, je ne sais pas qui m'aime. Je suis seul. Beaucoup à cause de ma femme qui fait croire que je ne veux voir personne. Elle veut que je travaille, que je travaille, que je travaille. Je n'arrête pas dans ma tête. Mais je suis fatigué.

Il se souvenait d'une visite à Matisse couché sur son lit, entouré de colombes, peu avant sa mort, à Nice.

— Avec un bâton, comme celui avec lequel tu m'as vu fermer les rideaux, il faisait placer de la couleur qu'une infirmière découpait sur ses instructions dans de grandes feuilles de papier. Il m'a dit : « Après la lutte avec les marchands, il ne nous reste que la couleur. » Je vais te donner un dessin. Au moins ce sera fait.

— Je n'en veux pas. Je ne suis pas venu pour ça.

Mendoza parut soulagé. Il se leva d'un bond comme s'il venait seulement de percevoir la présence qui marchait de long en large derrière eux depuis une minute. Il se retourna, feignant d'être étonné. Guillaume reconnut la femme-sphinx aux immenses yeux noirs que Marie avait épinglée au mur de son bureau.

— Voici le secrétaire que je cherche pour mes Mémoires. Il viendra tous les jours à cette heure. Ce sera facile, il sait déjà beaucoup de choses.

— Tu trouves vraiment utile, pour un peintre, de parler ? C'est le huitième que tu engages ce mois-ci ! En plus, pour quoi faire ? Moi j'aurais besoin de quelqu'un !

En quittant la pièce, elle vit l'appareil photo sur la chaise.

— Non, ce n'est pas possible. Il faut renvoyer ce garçon, c'est un journaliste

Mendoza sourit, illuminé par la grâce exquise de sa femme, volontairement méchante. Guillaume ne put s'empêcher de lui dire qu'elle avait l'air autoritaire.

— Ça m'est égal, du moment qu'elle a une autre vie. Dites-vous et dites-lui qu'elle est un oiseau magnifique, mystérieux. Elle aime les compliments. L'ennui c'est qu'elle a toujours raison. Sauf avec moi.

Gi Mendoza revint, s'assit en amazone sur l'accoudoir d'un fauteuil en face de Guillaume pour se plaindre, elle aussi, d'être seule. Ils vivaient comme deux émigrés. Elle en avait assez. Des gitans de luxe. Son mari, à la place d'une guitare, avait son chevalet. Leur cirque, sa toile. La lumière des projecteurs, la pointe de ses pinceaux. Les fauves, ses modèles, son imagination et les marchands dont elle s'occupait. Elle avait les bijoux d'une gitane, une malle remplie qu'elle trimbalait d'hôtel en hôtel pour ne jamais les mettre. Et de l'argent, mais pour acheter quoi ?

Guillaume se pencha pour voir Mendoza qui, les yeux fermés, dodelinait de la tête : il connaissait la chanson. Comme elle continuait, il ronfla. Elle lui donna un coup de coude. « Ne peut-on pas éclairer davantage avec le soir qui tombe ces abat-jour comme des roses joufflues font de la lumière une crème renversée dans laquelle on patauge. Il faut apporter d'autres lampes. » Elle ne ponctuait pas, les phrases s'enchaînaient les unes après les autres sur le même ton sûr et désolé. Évidemment, ils connaissaient écrivains, peintres, princes, savants, mais elle était fatiguée, à cause de lui, jamais content, alors qu'il avait, moins que tout autre, des raisons de se plaindre. Né duc et plus doué que Goya, pourquoi ces tourments quand il avait tout trouvé, tout prouvé, qu'il donnait tout à son art ? Elle admirait ce sacrifice.

Gi fit passer à Guillaume un bref examen. Qui était-il ? Qui aimait-il ? Il sauta en l'air, pieds joints, tendu comme un danseur, mais ne répondit pas. Il la fit parler : le voyage et Juan étaient toutes ses références. Le voyage et la gloire. Elle alluma un feu. Pourquoi ce feu ? Elle l'avait en elle. Ne le sentait-il pas ? Qu'il touche sa poitrine, le cœur battait ou pas ? S'il battait pour un, il battait pour deux et même pour trois. Elle s'occuperait de lui. Mais qui était-il ?

Mendoza se cala dans son fauteuil. Qu'elle cesse de poser des questions !

— Elle a raison d'avoir peur, trancha Guillaume. Vais-je vous voler vos économies, vos secrets ? Rassurez-vous : je ne vais rien vous prendre, je passais simplement.

Il chantonna, les mains écartées devant lui, de profil. « Je passais simplement sans vous voir. »

Du doigt elle lui lança une pichenette sur le menton.

— Vous me faites penser à un saint espagnol que j'affectionne parce que, jeune, il a connu la vie la plus vaine, la plus dévergondée. Il a traversé des enfers, le pauvre ! Et, sur terre, après bien des épreuves, des rencontres, il a trouvé le repos. Vous ne vous attendiez pas à ça. Vous savez, quand on vient chez les fées... Figurez-vous que je vous avais deviné. Je savais que vous viendriez ici. Ce matin, je marchais aux Tuileries, et déjà je vous ai entendu frapper à notre porte. Je savais que, venu pour rencontrer Juan, vous me rencontreriez moi. Avez-vous le sens du sacré ? Vous devez être dans la dispersion, le malheur, c'est peint sur votre figure. J'ai une âme très ancienne. Et vous aussi.

— Pas du tout !

— Ne me dites pas « Pas du tout ! ». On ne me contrarie pas. Et cela passe : je change d'avis. Faites comme mon mari : il subit.

Elle riait de voir Guillaume quêtant du regard chez Juan une révolte, un mot. Il ne répondait rien ?

— Ça m'est égal. Il y a plus urgent : tout un carnet de croquis à envoyer en Amérique.

— Ah non ! Ils n'ont pas payé assez. Je promets et au moment de donner je reprends. Je fais valoir. Je suis une redoutable femme d'affaires, vous savez. Allez vous changer, ce soir vous dînez avec nous, nous ne nous sommes encore rien dit.

Mendoza, costume bleu nuit, chemise cartonnée, tiré à quatre épingles, le visage encore plus blanc, sortit le premier d'une longue voiture noire à ailerons. Il coula un bref regard vers Guillaume, pour s'assurer qu'il ne leur avait pas fait faux bond, se retourna vers Gi, à qui il tendit la main comme si elle l'avait déjà rappelé à l'ordre pour qu'il soit courtois.

Culotte de cheval de satin noir, veste de velours aux revers gansés, blouse fermée par un sabot en diamant jonquille que croisait une cravache de platine, elle dominait les autres femmes par sa stature, la vivacité de son regard, l'autorité de ses gestes. Tout à coup, elle s'emparait de votre bras, d'un mot, partait d'un grand éclat de rire. On se demandait devant les proportions étonnantes de ce visage aux traits immobiles, à la peau mate, coiffées de ce beau chignon noir, si on subissait le charme d'une déesse grecque ou les sortilèges d'un sang inca.

Elle donna à Guillaume une baguette de bois :

— Ne la perdez pas, un grand chef d'orchestre qui m'a reconnue dans le hall de l'hôtel vient de me l'offrir.

Guillaume ne put s'empêcher de lui dire qu'elle était belle. « Inutile », lui chuchota Juan qui s'appuya sur son bras.

— Pourquoi êtes-vous habillé en petit curé, ce n'est pas une messe, seulement un dîner assommant. Le dernier que j'accepte avec ma femme : elle est trop impossible.

Ils étaient une vingtaine à les attendre dans l'entrée du restaurant. Mendoza fit le tour de son aréopage, tel un évêque, tendant la main à l'un, gratifiant l'autre d'un mot, un troisième d'un baiser sur le coin de l'œil, un autre d'une demi-plaisanterie. Pensifs, recueillis comme à des obsèques, chacun s'inclinait devant Gi, susurrait un « Bonsoir » pieux. Guillaume avait l'impression de parcourir les pages d'un Bottin mondain, mêlées à celles d'un vieil annuaire des acteurs où se seraient fourvoyés un doyen de la faculté, un astronome et un savant connu pour ses travaux avancés sur les mœurs des rats, ainsi que ceux que Juan appelait ses fidèles : Bella Becker, Carlos Williams, Suzy d'Orengo et son mari, le baron et la baronne Steinway.

Mendoza ne quittait pas Guillaume et le plaça à sa droite.

Les plats, où s'étalaient carcasses rouges et grenues de homards couchés sous leur chair découpée, paraissaient aussi faux que chaque convive venu, semblait-il, par erreur. Guillaume manifesta à la fois bonne humeur et curiosité insolente. À ceux qui finirent par lui demander quels mérites lui valaient la place d'honneur, il répondit avec éclat. Gi s'étrangla de rire lorsqu'il imita avec une voix de fausset le banquier qui, avant de l'interpeller, s'était vanté de sa condition, de son sens de la situation, de la précision dont il fallait faire preuve dans ses fréquentations. Guillaume enchaîna sur abolition, punition, componction, ratiocination, malversation, pour finir par aversion. Il se moquait de la comédie à laquelle il participait, et aussi, mais gentiment, du Maître, qu'il flatta enfin pour se faire pardonner. À bout de souffle et d'idées, il se tut. Le silence abrupt désarçonna. La conversation avait peine à redémarrer. Les yeux noirs de Gi Mendoza, son air de chat fouetté furieux laissèrent filtrer un contentement inhabituel. Avait-elle compris qu'il n'avait été si impertinent que pour les sauver de l'ennui qui risquait, d'une seconde à l'autre, de les ensevelir ? Juan était pressé de rentrer. Guillaume éprouva une sorte de panique qu'il ne laissa pas paraître. Il s'était mis trop en avant, avait été trop voyant, trop bête, trop désireux de leur plaire. Les reverrait-il ? Alors qu'il avait pris place dans la file des invités qui saluaient Mendoza, deux mains couvrirent ses yeux. Il devait être bien gâté, comment pouvait-il oublier le cadeau qu'une femme si gentille venait de lui faire ? Gi tenait derrière elle la

71

baguette du chef d'orchestre abandonnée sur la table et refusait de la lui rendre.

Mendoza s'engouffra dans sa voiture avec un soulagement ponctué d'un soupir bruyant, ravi de montrer aux « charmants amis » attroupés autour de la portière, avides de sa dernière mimique, que cette soirée l'avait ennuyé. Gi se pendit au bras de Guillaume qu'elle ne lâcha plus et, la tête contre son épaule, l'entraîna vers l'obscurité des jardins des Champs-Élysées.

— Ne t'inquiète pas, il va se coucher et dormir. J'irai l'embrasser plus tard. Moi j'ai encore des heures de vie. Lui est assez naïf pour croire aux vies antérieures. Je mets, j'ai mis toutes les miennes, toutes celles que je pouvais, dans celle-ci... Petite fille, dans le ranch de mon père au Texas, j'étais le diable. Puis, du jour au lendemain, je fus l'enfant la plus parfaite, la plus studieuse qui se puisse trouver. Après j'ai vécu avec Dieu. Deux, trois ans de crise mystique. J'ai même voulu prendre le voile avant de me révolter contre l'esclavage des nonnes. Alors, je suis devenue brillante. J'étais riche, belle, enviée. Vous avez vu *Gone With The Wind* ? Ma vie était plus somptueuse encore : croisières autour du monde, chevaux — je montais très bien, des jours entiers dans la plaine. Seule sur mon cheval, j'étais la reine de l'univers. Mais je revenais toujours. Mon père, descendant d'une grande famille de Boston, m'adorait. Tout ce que je pouvais désirer, je l'avais la veille : voitures, colliers, avion. Le jour où j'ai rencontré Maestro, mon père m'a coupé les vivres. Il a même fait retirer mes valises de l'hôtel où j'étais descendue. Je n'avais plus rien mais j'étais heureuse. Juan était presque fou. Il avait peur de tout. Se méfiait de son ombre, ne pouvait pas traverser une rue, détestait la peinture de l'époque, les littérateurs, les marchands, les cafés, mais il m'avait, moi. Dans une toute petite chambre il peignait jour et nuit des toiles immenses, oubliait de manger. Quand le tableau ne venait pas comme il voulait, il cassait tout. Deux fois, en mon absence, il s'est jeté du balcon. Max Ernst a été gentil avec lui. Mais Max se cherchait aussi. Comme Dali. J'ai vu Juan les repousser. Il n'a jamais aimé les surréalistes. Sa rage à l'époque...

« Ivre, nul ne pouvait l'approcher. Moi, je suis allée vers lui. Je lui ai pris la main. J'avais dans mon sac *Les Trois Mousquetaires*. Je le lui ai lu dans tous les sens. Quand il finissait par s'endormir, j'allais acheter du pain et d'autres livres que je lui lisais dès que la moindre terreur le reprenait.

« "Tu es là ?" Cette voix que tu lui connais, à la fois sourde et suspendue, qui transperce les êtres et transcende les émotions qu'il feint d'ignorer... Personne n'est plus inquiet. Chaque seconde je le rassure. C'est moi qui lui ai appris à ne plus confondre le jour et la nuit. Des médecins m'ont avoué que si je n'avais pas été là pour l'empêcher de divaguer, il serait mort. Il y a un mot terrible : overdose. Il était au bord d'une overdose de vie, et quelquefois d'alcool.

« Mais hélas, avec le succès, le prestige, la gloire, sont revenus voitures, chevaux, domestiques, fortune — et l'ennui. On n'a plus à se battre, sauf avec des avocats, des marchands, des contrats, des mensonges. Je te le dis à toi : il ne peint plus. C'est notre drame. Ne le répète à personne : il ne supporte plus ni couleur ni crayon ni papier. Je jongle avec le travail d'autres saisons, je montre des dessins d'autrefois. Je tiens le monde en haleine avec des ébauches, de vieux projets. On n'y voit que du feu. Je n'avais rien jeté. On dit que c'est le nouveau style, que l'idée vaut mieux qu'un long discours. Mais ce n'est pas le marché qui m'inquiète. Il sait, lui, qu'il n'est plus à la hauteur. S'il ne doit plus jamais peindre, autant qu'il meure. Il était plus inventif autrefois, quand nous crevions de misère. On paie trop cher ce qu'il fait. Même nous, nous ne pourrions plus acheter ses tableaux.

« Depuis quelque temps, avait-elle ajouté alors qu'ils arrivaient devant l'hôtel, on tourne en rond. Tout ce que tu m'offres comme solution j'y ai déjà pensé. Après tout, peut-être que c'est moi qu'il ne peut plus supporter puisque chaque fois qu'il a une toquade il recommence à peindre des merveilles. Mais il ne peut pas tomber amoureux à tout bout de champ. Calculons. J'ai quoi ? Encore trente ans, trente ans à vivre ? J'appelle vivre renaître, mais on ne peut renaître seule. Que j'aime cette nuit ! L'unique lieu, c'est la nuit. La nuit qu'il appréhende. Il n'a jamais réussi à surmonter la nuit que je dompte, la nuit infinie, la nuit imbécile, la nuit vide. Nous sortirons toutes les nuits si tu veux. J'aime que tu sois libre. Ne dis rien. De toute façon, qui peut tenir en face de moi, de nous ? Je t'apprendrai la poésie.

« Quand par bonheur il travaille, j'entre sans bruit au petit matin dans son atelier, je le regarde peindre et, quand je sens qu'il peut écouter, je reprends un livre, *Le Traité historique des rues de Paris,* saint Augustin, peu importe quoi, le Lavater, Nietzsche, et je lis à n'en plus finir. Un des secrets de sa peinture vient de ces lectures. Hélas, il y a des nuits fermées aux livres, ce sont les nuits fermées à tout. »

De son bras Guillaume entoura les épaules de Gi. Il prétendit, pour la rassurer, que les concierges du Claridge savaient le trouver où qu'il fût et, pour la distraire, que le hall, un peu en contrebas, comme un bassin romain, ouvrait sur la salle de bal avec, sur une estrade, un piano. Il ne jouait pas bien mais lui jouerait tout. Elle pouvait l'appeler à n'importe quelle heure. Il était son ami. Elle se haussa sur la pointe des pieds, esquissa un baiser sur sa bouche, prit sa tête entre ses mains, lui glissa ses doigts dans les cheveux, tira sur ses boucles pour couvrir ses oreilles, le regarda en inclinant la tête, comme on cherche à voir autrement quelqu'un que l'on connaît bien. Elle se retourna aussitôt pour disparaître dans la porte à tambour où sa silhouette fila à travers les vitres rondes, kaléidoscope renvoyant des images d'elle diluées comme une aquarelle sous la pluie.

Guillaume courut d'autant plus vite pour rejoindre Marie qu'ils étaient restés un long moment, Gi et lui, devant le Ritz. Marie pour qui tout était prétexte à remettre ses rendez-vous — hier une amie qu'elle n'avait pas vue depuis longtemps, avant-hier ses parents qu'elle devait ménager, alors qu'elle lui avait avoué qu'ils lui laissaient une « paix royale », demain une cliente de Caracas — lui avait juré qu'elle le retrouverait au Claridge après son dîner. Il se reprochait de n'avoir pas quitté Gi plus tôt. Il lui avait posé trop de questions : Comment avez-vous réussi à toujours vous faire aimer ? Avez-vous été plus aimée que vous n'avez aimé ? Peut-on être aimé de quelqu'un qui en aime un autre ou ne sait pas ce qu'est l'amour ? L'amour vient-il à la longue ou d'un coup ? Comment fait-on pour qu'il ne meure pas de lui-même ? Mag avait déjà répondu à tout ça.

« Si elle n'est pas au Claridge, cette fois j'irai carrément sonner avenue d'Eylau et je casserai tout. »

La clé de sa chambre manquait chez le concierge. Marie l'avait prise. Marie l'attendait. Il en fut si heureux qu'il s'arrêta sous la verrière dans le salon en contrebas, s'installa, bras croisés, dans

76

un fauteuil pour savourer quelques minutes encore le bonheur de la savoir là. Il se releva lentement, prit l'escalier plus lentement encore, montant chaque marche une à une, comme on déguste un alcool fort. À toutes petites gorgées. La main posée sur la rampe, automate méthodique attaché à son rail, il tournait à chaque palier avec le même rythme, la même respiration. Il éprouvait du délice. Et si, lassée d'attendre, elle était partie pendant qu'il courtisait ? Il l'imagina derrière les croisillons de la grille de l'ascenseur qui descendait. Il enjamba alors les deux derniers étages, se précipita à travers les couloirs.

Nue, la main sous l'oreiller, cheveux épars sur les épaules, elle dormait. Il se déshabilla d'un geste et, sans la réveiller, se glissa contre elle. Marie se tourna, offrant sa gorge qu'il embrassa. Il se blottit, s'appuyant sur son bras qu'il n'osait enlever de peur de la réveiller. Ses genoux contre son ventre, il s'endormit à son tour malgré son désir.

D'ordinaire, debout le premier, il n'avait qu'un souci : être en face d'elle quand elle ouvrait les paupières. Être son dernier rêve, son premier ciel. Ainsi, les jours où par malheur, par erreur, elle se réveillerait sans lui, elle se réveillerait perdue. Elle avait eu du mal à s'habituer à cette Gorgone au-dessus de sa tête, qui la fixait les yeux ronds, bouche ouverte. Maintenant elle connaissait ce masque, et replongeait dans le sommeil, esquissant un sourire, maugréant quelques mots pour que la sentinelle la laisse encore un peu dormir. Immobile, Guillaume s'imprégnait de son abandon. Elle était toute à lui.

Cette fois, il n'eut pas la patience d'attendre son deuxième éveil. Il l'embrassa sur les yeux et l'obligea à le regarder : extraordinaire, ce qu'il avait à lui raconter. Il avait passé la soirée avec deux génies. Il ne pouvait atténuer le pouvoir, la magie de cette rencontre. Il n'avait qu'eux en tête. Il décrivit l'oiseau des cimes, les yeux pâles, la claudication que l'on ne remarquait pas tant il avait le geste futé. Il est si habile que l'on dirait, à côté de lui, que c'est nous qui tanguons, qui marchons de travers, que le monde n'est pas d'équerre. Sa voix appliquée d'enfant grave qui a toujours raison. Quand il s'emporte, il envoûte encore. Elle ? Elle ne le quitte pas une seconde, nuit et jour ils sont ensemble, à se tenir la main. Elle, son beau visage sombre, ses longs doigts, ses pommettes hautes, sa stature droite d'amazone et ce léger sourire qu'elle garde, malgré les arrière-pensées qui sans cesse la taraudent. Elle correspond avec les plus grands poètes d'aujourd'hui, les soutient. De l'esprit de l'un, il passait aux traits de l'autre. Les grandes oreilles de Mendoza, ses mains qu'il étend loin devant lui comme pour accroître l'immensité du monde qu'il cherche à étreindre, à peindre. Et tout à coup ses gestes mécaniques de marionnette prisonnière d'un costume trop serré (il fallait qu'il lui dise de changer de tailleur). Quel regard brûlant ! Comme il avait ri avec eux ! Voir fonctionner ce cerveau. Accéder à cet « autre côté du rêve ». Marie lui demanda s'il avait fait des photos. Il haussa les épaules : il n'était pas venu pour ça, il n'en était pas là. Voir naître, se développer, grandir une œuvre...

Alors que Guillaume allait envoyer des fleurs pour remercier les Mendoza de leur accueil, et cherchait à leur dire à quel point il était touché par leur chaleur — pour sceller cette amitié, s'il pouvait employer ce mot —, il reçut un appel de Gi. Elle avait bien fait de rentrer : pour une fois Juan ne s'était pas couché et ils avaient parlé le reste de la nuit de ses projets, de l'avenir. Le calme de Guillaume avait touché le Maître et agi sur lui. C'est avec joie que cet après-midi elle le suivrait au Musée Grévin pour assister à la séance de photo avec Mag, bien qu'il ne le lui ait pas proposé. Alors, pourquoi ne pas se donner rendez-vous place Louis-XIV, en sortant de chez l'avocat ou, plutôt, qu'il les rejoigne à l'hôtel quand il aurait fini. Juan se rendait chez l'encadreur, il pourrait l'accompagner. Un conseil : bouche cousue. Quand Maestro est avec un homme de l'art, il ne supporte pas la moindre intervention. Mais Guillaume devait sentir ces choses.

Juan s'amusait, faisant des grimaces à travers des bois dorés, aux bords de maries-louises que Guillaume lui tendait devant un miroir de sorcière. Gi frappa des mains : un peu de sérieux ! elle savait ce qu'il fallait choisir. Mendoza s'inclinait, pressé d'aller se promener avec Guillaume près du petit train qu'ils prirent tous les trois, pouffant de rire de s'être embarqués sans connaître leur destination au milieu d'habitués résignés. Il fallait se quitter, mais pour bien se parler ne serait-il pas mieux que Guillaume vienne le matin à l'hôtel avant que Maestro ne se mette au travail ? On ne refait pas le monde l'après-midi, c'est le moment des raseurs, Gi s'en occupait à merveille.

Guillaume n'avait pu reprendre sa conversation avec elle. N'avait-il pas laissé échapper l'essentiel ? Elle ne lui parlait plus que du suicide de Juan, alors qu'il semblait plutôt joyeux.

— Comédie ! Tu ne sais pas ce que cache tout ça.

Comment pouvait-il ne pas se rendre compte ? Il était vraiment jeune. Elle était vraiment seule.

Gi envoyait message sur message au Claridge : Maestro le réclamait.

Dès que Guillaume apparaissait, Juan sifflotait, se pavanait dans sa robe de chambre vert billard, esquissait des pas de danse sur l'air de la radio de l'hôtel qui jouait en sourdine. Demi-tours, élans, arrêts brusques, petits sauts sur place le saluaient. Gi, liste de rendez-vous et d'obligations à la main

80

dont elle donnait lecture sans saluer Guillaume, l'interrompait. Le visage enfoui dans ses mains effilées, elle ne supportait plus que Juan se plaigne de la solitude. Quelle solitude ? Tous les soirs ils recevaient dix, douze personnes. Ce n'était pas assez ? C'était trop ? On n'avait qu'à diminuer. Il savait bien que ce n'était pas possible de recréer ce moment, de se retrouver tous les trois ce soir.

Elles n'étaient pas nombreuses les allusions à la fuite de Guillaume qui partait chaque jour à six heures trente. Rare qu'il leur accordât plus. Il ne pouvait pas risquer de manquer la sortie de Marie une ou deux fois rattrapée au coin de la rue, ni le moment de bonheur quand elle apparaissait sous le porche, libérée de Bellair.

Chaque matin, Guillaume prenait un deuxième petit déjeuner avec Juan et Gi, après être passé embrasser Mag et noter le rendez-vous de l'après-midi. Il arrivait dans leur salon comme il faisait irruption chez Solange, prenait possession du meilleur canapé, inventait des caprices que l'on s'empressait de satisfaire. Les trouvait-il tristes ? Il les relevait de leurs fauteuils, leur jetait des bûches dans les bras, leur faisait bercer les bouts de bois, valser avec, et l'on finissait par les jeter dans la cheminée pour des flambées sensationnelles.

Mendoza, soudain debout, allait vers sa chambre ; Guillaume s'interposait, le prenait par le bras et le renvoyait dans son fauteuil. Maestro passait plusieurs fois, très vite, la main dans ses cheveux, sa femme le guettait : allait-il entrer dans une de ses redoutables et célèbres colères ? Guillaume le devançait : ils passaient tous les trois un moment trop charmant pour le briser comme un... comme un... comme un... Il répétait « comme un » une dizaine de fois, à toute allure, bras grands ouverts, chef d'orchestre fougueux. Comment dormir dans un moment pareil ? Gi glissait à l'oreille de Guillaume que personne d'autre qu'elle ne touchait jamais Mendoza. Même l'idée du contact de la main d'un enfant à qui il serait obligé de faire traverser la rue lui était insupportable.

— Eh bien, parfait, nous resterons du même côté de la rue tous les trois, éternellement.

Mendoza susurrait qu'il avait besoin d'égards, il n'était plus si jeune.

— Ah non ! Vous n'allez pas recommencer ! Vous êtes simplement comme deux vieilles pendules qui auraient besoin d'être remontées.

— Tu as dit vieilles.

Il avait parlé vite, dit n'importe quoi, on n'allait pas s'arrêter à un adjectif. Toujours est-il qu'ils étaient deux pendules, l'une gothique, l'autre romantique, et les deux avaient besoin d'un bon horloger amoureux du temps qui passe doucement, délicatement, sournoisement, passionnément, affriolamment. Il avait un tas d'adverbes à leur disposition — s'ils avaient le temps.

— Ne crie pas comme ça, tu vas ameuter tout l'hôtel. Je suis connu, tu sais.

Guillaume fermait les portes à clé, approchait les deux canapés, les poussait l'un vers l'autre au milieu du salon, emprisonnant les Mendoza qui riaient comme des enfants dans des wagonnets. Cette force gaie qui tournait autour d'eux, dépliant leurs jambes une à une, les manipulant tels des mannequins de vitrine, les subjuguait.

— Fermez les yeux. Vous êtes morts.

Il effleurait leurs paupières de ses doigts, s'accroupissait derrière un fauteuil :

— Où suis-je ? — Il changeait de place. — Toujours là ? N'ouvrez pas les yeux. Imaginez que je suis mort moi aussi. Alors quoi ? Nous nous sommes perdus à jamais ? Plus aucun lien ?

Il se jetait à terre à l'autre bout de la pièce, criait.

— Vous trouvez ça normal que je sois si loin ?

Le peintre, pour le voir, se soulevait à demi.

— Mendoza, vous trichez. Recouchez-vous, vous êtes mort, vous dis-je. Nous sommes tous morts.

Guillaume disparaissait derrière les rideaux, se heurtait aux carreaux, revenait sur ses pas, courait le long des murs, déplaçait le secrétaire en marqueterie, se cachait. Qu'ils se relèvent ! Qu'ils ne bougent pas ! Tout à coup, agenouillé au milieu du salon, les mains en coquillage devant sa bouche, il s'adressait à eux à travers un haut-parleur, comme de l'au-delà :

— Des années ont passé. Ne ronflez pas ! Tout

est fini depuis longtemps. Plus de maison. Plus d'amis, plus rien. À la surface de la terre, les mêmes ennuis, les mêmes joies, les mêmes guerres. Seule la mode a changé, et la vitesse des trains. Et vous ? Et nous ? que sommes-nous devenus ?

Il écartait la table basse, se flanquait de nouveau par terre, rampait jusqu'au bord du tapis dont il attrapait la lisière pour s'enrouler dedans. Mendoza marmonnait qu'ici on ne pouvait pas faire des choses pareilles, que si quelqu'un entrait, il serait très mal vu. « Petit bourgeois ! » lui lança sa femme. C'était si bon de dormir !

Guillaume étouffait dans son terrier. Il sautait sur le canapé de Gi, lui prenait les pieds : qu'ils continuent tous les deux à rêver. S'enterrer avec quelqu'un. Le nombre de gens qui lui avaient refusé une petite place au cimetière, demandée pourtant avec beaucoup de gentillesse.

— Avant de m'attaquer à une concession, je fais une enquête sur l'habitant. Je suis difficile. Mort. Je ne me donne pas à qui veut. Vivant, c'est autre chose.

Soudain tristes, il les secouait, les prenait dans ses bras, affolé, craignant de les voir mourir vraiment, piqués au jeu. Il soulevait leurs paupières : tout allait bien. Maintenant ils pouvaient s'asseoir correctement.

Il leur racontait alors les chahuts de l'Alsacienne, ses rencontres dans Paris et les pièces, les films, les livres du moment. Il les mettait au courant de la politique, des idées du jour, leur soufflait ce que l'on pouvait dire et ne pas dire. Ravis de se laisser corriger, ils répétaient après Guillaume et, quand ils sortaient sans lui, l'expression à la mode, l'anecdote sur le banquier-danseur, le portrait de l'ex-roi amateur de petites filles qui draguait à la piscine du Claridge leur venaient naturellement. En échange, Guillaume avait droit à la « vraie vie » des « charmants amis », Bella Becker, Suzy d'Orengo, auxquels Juan et Gi l'avaient mêlé. Ils lui racontaient leur vérité, leur véritable passé, leurs mensonges. Leurs masques. Ils riaient fort. Guillaume ne parlait pas de lui. Ils imaginaient bien que le cœur était pris, mais une précision ne risquait-elle pas de détruire tout ? Du moment que Guillaume leur donnait du temps et sa joie.

Un après-midi, rentrant plus tôt d'un reportage avec Mag, il passait chez les Mendoza où une petite foule de marchands et d'amateurs se pressait scandant « Maître » par-ci, « Maître » par-là, autour de Juan penché au-dessus d'une eau-forte dont on discutait l'authenticité. « Ne t'inquiète pas, ils vont partir, nous avons besoin de parler de choses beaucoup plus sérieuses. Que fais-tu ce soir ? » Il s'écarta de la table où gisait l'épreuve, frappa dans ses mains : « Que tout le monde s'en aille ! » Mendoza voulait que Guillaume lui raconte sa soirée, la vie des passionnés de voitures anciennes avec qui il avait passé la nuit. Comment avait-il atterri dans ce club ? Comment les avait-il connus ? Guillaume allait parler de Marie, décrire la joie que lui procurait sa présence, l'idée même de la voir, le son de sa voix, le plaisir de se rendre à ses rendez-vous. Il allait dire à quel point il aimait tout d'elle, la petite chaîne qu'elle portait autour du cou, le pull-over rouille en shetland à même la peau, les grimaces inventées quand il la

87

regardait avec trop d'insistance. Mais Juan avait murmuré : « Si tu savais comme je suis seul. » Il faisait le bilan : Picasso s'était enfermé avec Jacqueline et dix tableaux par jour à faire, Dali avec sa femme qui comptait les sous, Max pensait à Klee. Quant à Matisse, ce brave Matisse, Mondrian, Van Gogh, Piero della Francesca, ils étaient morts et ce n'était pas la troupe d'inutiles que Guillaume apercevait de temps en temps qui les remplacerait. Autrefois, Bella Becker était intelligente et jolie. Carlos Williams avait des élans et surtout il était beau. Maintenant, ils ratiocinaient tous, ne s'occupaient que de ce que faisaient les uns et les autres. Ils n'avaient pas la curiosité de Guillaume, observateur cultivé, gentil, avec, en plus, l'ambition de faire quelque chose. Décidément, il ne pouvait voir que des créateurs. Connaissait-il Devallières ? Voilà un peintre fascinant, précurseur de Lautrec. Il avait abandonné les filles de joie, les femmes passant entre deux rangées de fauteuils dans une salle de spectacle, pour Dieu qui l'avait perdu. « Je te dis : les peintres ne finissent pas toujours bien. » Soudain il riait avec Guillaume de son humeur noire, de ses parti pris. Il avait envie de sortir, de quitter cet hôtel, peut-être de quitter Gi.

Guillaume se retournait, avait peur qu'elle ne soit là, n'entende, quand tout à coup la porte du salon s'ouvrit devant une sorte de girafe grise précédée d'un bras harnaché d'une manchette de bracelets où s'accrochaient cent breloques qu'elle faisait sonner, danseuse maure ivre de ses grelots. Derrière elle, une horde qui caquetait, pouffait, se jeta sur sofas, canapé, bergères, fauteuils. Plus un accoudoir de libre. Mendoza donna immédiatement le change : il recevait. Glissant d'une intruse à l'autre, ne comprenant rien à leurs discours, il était ravi de se montrer capable, devant Guillaume, de jouer la comédie. Il profita d'être près de sa chambre pour l'entraîner dans la pièce dont les doubles portes préservaient un silence brutal.

Dans la pénombre, près d'un grand lit recouvert d'une toile grise, se dressait un haut tableau, large comme une prairie, peinture encore humide. On voyait un contrôleur d'autobus traverser les chutes d'un fleuve, un aigle le frôler de ses ailes tandis qu'un homme, de l'autre côté de l'eau, regardait ses mains. Le bas de la toile était vierge, hormis quelques contours de rochers indiqués au fusain. L'odeur d'huile de lin et de térébenthine grisait Guillaume. Sa surprise allait du bouquet de brosses, rangées par tailles dans un pot, à la blouse blanche qui attendait l'artiste méticuleux. L'insolite du décor, le lustre Louis XVI, l'armoire à glace, la commode blanche et ses poignées de bronze, rendait l'œuvre géante plus présente. La vie que Mendoza avait inventée transformait la chambre en vague garde-meubles, la place Vendôme, avec ses maisons bien rangées que l'on apercevait derrière le rideau qui flottait, en vague décor de théâtre.

— Gi a l'audace de prétendre que je ne fais

rien ! Je la chasse avec ma peinture. Moi j'aime, c'est ma vie. Elle sillonne Paris. Pauvre Paris ! Mais ce n'est pas grâce à toi que je me suis remis à ça. Personne ne réveille personne. Il faut que j'expose, tu m'aideras ?

Guillaume s'approcha encore de la toile. En reculant, il faillit marcher sur les pieds de Mendoza qui ne disait plus un mot. Il se retourna, que pouvait-il ajouter ? Qu'il aimait beaucoup ? Ce n'était pas assez. Il repartit comme s'il n'avait rien vu. Juan l'arrêta et le remit face au tableau :

— Tu peux traverser — comme si l'on pouvait s'élancer sur ces cailloux. — Voilà comme je suis ! et tu n'as pas tout vu ! mais cela suffit pour aujourd'hui.

Ils retournèrent vers le salon envahi. Ils se tinrent dans un coin et se regardèrent, ahuris du spectacle.

Une femme criait : « Je suis Jacqueline de Puissancier. » Petite, trapue, la bouche lippue, un gros collier de perles autour du cou, elle était entrée comme on dégaine un revolver et hurlait à sa harde qu'elles étaient devenues folles : une heure qu'elle les attendait à l'étage au-dessus.

— Mendoza, vous avez détourné mon cocktail.

Au nom de Mendoza, la girafe grise faillit s'évanouir. La main en avant, elle couinait : « Mendoza, lui ! c'est lui ! » La troupe, éperdue d'amour, le cerna. Devant tant d'ardeur, la figure du peintre se crispa. Il recula, repoussa de façon convulsive cette forêt de mains qui voulaient l'atteindre. Il se réfugia derrière Guillaume et cria d'une voix suraiguë :

— Mettez-les dehors ! Emmenez-les ! Reprenez-les ! Elles n'ont rien à faire ici ! Qu'elles partent ! Surtout qu'elles n'oublient rien !

Brouhaha, désordre. Cette marée descendante, malgré la panique de Juan, avait quelque chose de comique. On entendait sonner les bracelets de la girafe grise, comme si elle tenait à rappeler que c'était elle qui dirigeait la meute.

Juan, dans un angle du mur, fauve blessé encore assailli, continuait à donner des coups de pied, des coups de poing à ces monstres. Elles sont parties, répétait Guillaume. Juan, de toutes ses forces, appelait Gi. Il ne comprenait pas qu'elle ne soit pas là et le laisse seul dans cet hôtel. Il tressautait, tendait les muscles de son cou, semblait victime d'une électrocution, d'un séisme profond d'une ampleur incalculable. Il se tordait les poignets, se prenait la tête à deux mains comme pour la décoller et la jeter à la gueule de ces bêtes démoniaques qui, selon lui, le narguaient encore. Guillaume sentait l'irraison presque palpable. Il s'approcha de son ami, le regarda droit dans les yeux. Juan ne tenait pas en place, tentait de s'échapper comme s'il voulait s'adonner, dans un autre coin de la pièce, à cet état sauvage. Guillaume fendit les mille fantômes contre lesquels Juan se bagarrait, lui suggéra de respirer et respira lui-même de tous ses poumons pour lui montrer l'exemple. Soudain Juan s'effondra et se mit à pleurer. Guillaume le releva, lui affirma que c'était un jour d'orage magnétique près du soleil, chacun savait que tout être sensible, un peu nerveux, les traversait avec difficulté, c'était normal. Mendoza rouvrit les yeux. Ses bras, qu'il avait gardés contre lui comme pour cacher une blessure, se dénouèrent. Guillaume, sans trop s'écarter, le fixait d'un regard serein. Juan tenait Guillaume à distance, cherchait un fauteuil. Il boitait si bas que Guillaume le reconnaissait à peine. Il glissa un peigne dans sa chevelure blanche et noire.

— Tu as aimé mon tableau ?

— Beaucoup, mais ne me faites plus jamais ça.

Dans le silence retrouvé, Guillaume regarda sa montre. Il ne pouvait pas l'abandonner.

Juan sortit de sa poche des lunettes aux verres en demi-lune qu'il posa sur le bout de son nez, il ressemblait à ces vieux professeurs de dessin de lycée qui répètent à chaque leçon de perspective des axiomes du genre « Le dessin est la probité de l'Art » ou « Sans plan général pas de plan du tout ». Il s'empara d'un carnet aux pages blanches posé à côté du cartel sur la cheminée et, en sifflotant, commença à crayonner. Sa main filait sur le bloc de papier qu'il tenait contre son genou replié, tel un premier de cordée à l'assaut d'un pic. Guillaume se rapprocha du trait.

— À part toi, personne n'a le droit de me regarder travailler. Là, vois-tu, je commence par les ombres. Je peux commencer n'importe où, un détail. Gi me demande toujours, d'abord, de signer.

En fait, ce par quoi je commence n'a aucune importance, je finis toujours bien. Mes dessins sont dans ma tête, faits d'avance. Le plus dur c'est d'accepter de suivre ce qui est dicté.

Maestro retourna le dessin vers Guillaume :

— Paysage de montagne ou Femme allongée ?

Il changea de page pour esquisser d'un geste le portrait de Gi dont le visage apparut dans un enchevêtrement de lignes. Moqueuse, hautaine. Un coup de crayon la couvrit d'un voile de nonne.

— Elle se déteste en religieuse, c'est bien fait pour elle. Pendant des années elle m'a poursuivi avec Dieu. Maintenant elle ne veut plus en entendre parler, alors, moi, je ne sais plus. Regarde, j'ai fait ça cette semaine pour un très grand tableau qui s'intitulera : *Hommage au XXIe siècle*. Tu vois cette tenancière de bordel prise dans une tache d'encre ? Elle tourne le dos aux ailes du Moulin-Rouge mais va envahir la planète. Je ne te dis pas la matière que je vais employer, ce sera la surprise.

Le lendemain les concierges l'arrêtèrent : le Maître avait quitté l'hôtel. Guillaume, persuadé que Juan, vexé qu'il ait assisté à sa crise, ne voulait pas le recevoir, revint par une autre porte. Il saurait le rassurer : c'était oublié, on n'en parlerait plus. Une femme de chambre lui ouvrit la suite. Guillaume frappa chez Juan. Sans réponse, il appuya sur la lourde poignée dorée, entrebâilla la porte malgré ses scrupules. Il espérait le surprendre au travail, assister, cette fois, à l'affrontement avec la toile. Il ouvrit plus grand, alluma. Personne. La porte, revenue d'elle-même, le heurta, le chassa. Il se retourna, vérifia qu'il ne s'était pas trompé. C'était bien là qu'il était venu la veille. Il regarda de nouveau : rien. Ni peintre ni tableau. Les pinceaux, les couleurs, la toile, même l'odeur de térébenthine, s'étaient envolés. Comme toute trace de leur passage. Piedevant, le secrétaire des Mendoza, voix fluette, joviale, le surprit : « Eh oui, notre oiseau s'est sauvé ! » Sous sa fine moustache il souriait de toutes ses longues dents jaunes. Imitant Mendoza, il chantonnait que le Grand Homme n'avertissait jamais de ses départs. Eh oui, ils étaient deux petits malheureux abandonnés.

Guillaume lui demanda d'une voix blanche quand ils reviendraient.

— Mon cher ami, si le Maître avait voulu vous le dire, il l'aurait fait. Que croyez-vous ? Ce n'est pas parce qu'il a accepté de vous voir un mois ou deux, qu'il faut vous installer à vie. Si chacun l'avait fait, ils seraient des milliers à camper ici ! Vous n'êtes ni le premier ni le dernier à être lâché par ce couple versatile qui disparaît comme un mirage.

Le rire nasillard du factotum malingre qui le toisait reprit. Guillaume y répondit, assurant avec le plus grand calme que Madame Mendoza l'avait chargé d'une commission ; elle serait sans doute fâchée qu'il en ait été empêché. Piedevant prit le temps de réfléchir, considéra le garçon et les relations qui avaient pu se tisser.

Guillaume regardait la chambre délaissée ·

— Ils ont déménagé dans la nuit ?

— Eh oui ! Il se passe beaucoup de choses la nuit dans les grands hôtels. Et n'oubliez pas, il est tout de même dix heures ! Venez chez moi, je vais voir si j'ai une adresse.

Paré d'une veste rouge, un œillet à la boutonnière pour imiter la fleur de Juan, il tournait sur lui-même, rangeait ses affaires, effleurait Guillaume de son visage de levrette. Il alla même jusqu'à poser une seconde sa joue sur la poitrine du garçon en feignant de pleurnicher.

Raide comme une statue, haletant de rage, il demanda de nouveau où était Monsieur Mendoza. Piedevant qui avait sorti d'un placard deux valises plus grandes que lui faisait semblant de ne pas entendre. Il les bouclait avec frénésie, s'acharnait sur les lanières, affichant un maigre sourire vainqueur. Lui savait. Lui s'en allait.

Guillaume l'accompagna à la gare, chargea les valises dans le compartiment et nota la direction que prenait le train. Piedevant, agitant la main par la fenêtre, lâcha dans un dernier ricanement : « Tombé dans le panneau ! Eh oui ! Je vais passer deux jours chez ma mère ! »

Il essaya de se raisonner, de se dire que la pirouette des Mendoza ne changeait rien à sa vie. Aucune raison de se laisser atteindre par ce départ. Il avait vécu avant Mendoza, il vivrait après. Il avait presque vingt ans, Marie, Solange, le Claridge et Mag. Pourtant, il n'arrivait pas à repousser le malaise qui le saisissait au souvenir du rire de Mendoza, de sa démarche cassée, de ses mains tremblantes, qui revenait bouleverser l'écho des confidences de Gi. Pourquoi cet absent se manifestait-il à ce point ? Il aurait dû les prendre en photo le premier jour, il en serait débarrassé. Le visage de Marie se superposait à celui de Gi, qu'absorbait de nouveau celui de Juan dont les drôles de traits se mêlaient à ceux de Paul Delastre.

Pour la première fois, Guillaume souffrit des départs de son père. Jusqu'alors, même enfant, il les avait considérés comme naturels : il revenait, repartait, promettait, oubliait, revenait, repartait, cycle qui rythmait le temps. Il ne comprenait pas le désarroi de Solange. Il n'avait pas l'impression d'être nié, rejeté, oublié. Elle répétait : « Il est parti, parti » comme si c'était nouveau et qu'elle avait tout perdu. Parfois, au lieu d'avoir le mot sensible, il se contentait d'un « Ce n'est pas la fin du monde ! » et la laissait regagner le bout de l'appartement où elle allait pleurer.

Mais ce n'était pas vrai que son père ne lui devait rien et que c'était drôle, qu'elles étaient intéressantes ces disparitions, que cela formait un homme cette rudesse, cet égoïsme. Guillaume, anesthésié par l'enfance, lui avait toujours trouvé des excuses. En fait, ce n'était pas le départ des Mendoza qui lui faisait mal, mais la promesse non tenue, la supercherie, la facilité, l'oubli. Il avait été fier de ce père qui ne donne aucun ordre, aucun conseil, de cette distance qu'il présentait à Solange et à ses copains comme de la discrétion, voire de la sagesse. Le quotidien ne s'en était pas mêlé : il avait un père artiste. Pas un parent d'élève. Pas plus qu'il n'évoquait sa carrière, sinon par de brèves allusions, il n'exigeait de son fils résultats en classe ou carnet de notes. Leurs rapports passaient par la politesse et une immense distance, ce que Guillaume prenait pour du respect. Il découvrait aujourd'hui que ce n'était qu'indifférence.

La déception était d'autant plus grande qu'il s'était toujours appliqué à lui plaire. Sa blondeur, sa grande taille, ses yeux bleus, son allure de petit homme, sa bonne humeur en faisaient un enfant dont il était fier. Restaient à cultiver le côté sérieux, l'air pensif et sage, résolu, l'optimisme. Jamais il ne lui avait posé une question, jamais ne s'était plaint, n'avait réclamé, ou ne s'était vanté. À force de ne pas peser, il n'avait plus existé. Plus il s'était montré facile, plus il avait donné à son père l'opportunité de partir l'esprit et le cœur légers. Il éclata de rire : plus d'un an qu'il n'avait pas pensé à son père, dix-neuf ans que son père ne pensait pas à lui. Il en voulut à Juan d'avoir fait naître cette conscience.

Il rangea sa chambre, déjeuna seul, parla longuement au téléphone avec Marie, décida d'aller place des Ternes, mais il risquait de croiser Mag, la dernière personne à qui il voulait parler en ce moment : il lui avait soutenu qu'elle aurait les photos qu'elle voulait, que c'était facile, puisqu'il était intime des Mendoza. Comment expliquer qu'il n'avait même pas leur adresse, qu'il ne savait pas où ils étaient ni quand ils reviendraient. Il ne pourrait pas supporter les cris, les jérémiades de Mag.

Huit jours durant, pour se rendre du Claridge à la place des Ternes, il emprunta la porte du personnel qui donnait dans une rue sombre derrière l'hôtel. Il ne s'aventurait plus sur les Champs-Élysées ni à l'Alsacienne. Deux ou trois fois il crut apercevoir Mag, l'entendre. Il se précipita pour se cacher dans les magasins, derrière les voitures. Persuadé qu'elle l'attendrait devant chez Bellair, il n'allait plus chercher Marie, ou lui donnait rendez-vous devant la pagode de la rue de Courcelles ou avenue Gabriel. Marie pensa que c'était par romantisme. Il n'allait pas lui avouer qu'il avait peur de Mag, lui qui, mains dans les poches, prétendait ne craindre personne.

Ses maigres économies fondaient. Il retourna proposer ses « photos de voyeur » dans les journaux à scandale. Mais le sang et la violence lui étaient tout à coup étrangers. En plus, à force d'éviter Mag, il ne pensait qu'à elle. Il fallait qu'il réussisse à lui apporter une autre photo, quelqu'un d'aussi célèbre : une chanteuse, une actrice, le préfet de police en chemise de nuit, n'importe quoi. Elle s'emparerait du cliché, hurlerait au génie, l'embrasserait, oublierait les Mendoza.

Rien n'agaçait plus Guillaume que d'entendre le téléphone sonner avec insistance alors qu'il était encore sur le palier. Il courut vers l'appareil et décrocha au moment où la sonnerie cessait. D'un brusque mouvement, il claqua violemment du pied la porte restée ouverte, jeta sa veste à travers la pièce et alla se calmer sur le balcon de la place des Ternes qu'il arpenta comme une bête en cage. Une journée de cauchemar, une de ces journées où rien ne va. Il n'arrivait pas à joindre Marie, il pleuvait, et maintenant les caprices du téléphone.

Comme sollicité, l'appareil retentit de nouveau. Mag, folle de colère. Huit jours sans nouvelles. Pour qui la prenait-il ? Elle l'avait attendu des heures à l'Alsacienne, téléphoné cent fois. Il ne se rendait pas compte du nombre de choses qu'il lui avait fait rater ! Il ne pouvait pas placer un mot, se heurtait au mur de cette voix de tête qui lui ordonnait de venir immédiatement la chercher dans une boutique de la rue de Passy.

Il courut entre les voitures, escogriffe gesticulant. Tous les taxis étaient occupés. Il fit la moitié du chemin sous la pluie avant d'en trouver un qui voulût bien l'emmener.

Il redoutait de trouver une Mag ébouriffée par la colère, piaffant d'impatience, mais la découvrit au fond d'un magasin étroit où l'on vendait des vêtements dégriffés, installée dans un fauteuil bleu pâle. Elle devisait avec cinq vendeuses à qui elle racontait les tendances de la mode, au comble du bonheur. « Mon chevalier ! Où est ton carrosse ! Trois heures que nous cherchions un taxi, aucune station ne répond. C'est pour ça que j'ai fini par t'appeler : place des Ternes il y en a toujours ! » Mag se fit déposer devant chez elle, laissant à Guillaume une note vertigineuse, et, pour le récompenser de sa future réussite, promit d'aller un soir au théâtre avec lui.

Il s'y rendit avec Marie. On donnait à Hébertot *Le Bourgeois gentilhomme* avec Fernand Raynaud. La salle était à moitié vide, les gens parlaient entre eux, boudant les décors trop somptueux, ne voyant pas l'acteur dont les prouesses fascinèrent Guillaume et Marie. Le rideau tomba devant un Guillaume debout, hurlant, applaudissant à tout rompre, et une Marie gênée. Il se précipita dans les coulisses ; Fernand Raynaud retirait son costume, le visage déjà couvert de crème. L'acteur demanda à Guillaume si Marie était sa femme. « Pas encore. » Il était photographe ? Ça lui plaisait un comique en caleçon ? Il pouvait prendre. « Cocasse », disait-il à

chaque mimique, chaque pose que brouillait un discours véhément. Il voulait mettre les spectateurs sur
scène et les acteurs dans la salle pour siffler et ron-
fler à leur tour, tousser et cracher comme le bon public français.

Devant un verre de vin au bar en face du théâtre, il continua de commenter la représentation.

Les ballons de rouge succédèrent aux ballons
de rouge. Longtemps. Beaucoup. Marie et Guillaume appréciaient le langage imagé, trivial, de
cet homme qui tanguait, tapait du pied, s'accou-
dait, ne parlant ni pour Guillaume ni pour Marie
mais pour lui-même. Il parlait pour parler, pour
le plaisir des mots, pour l'amertume de la vie. Il
changea de table dix fois, toujours suivi par Guillaume qui le mitraillait. Il enlevait son chapeau, le
remettait. Enfin, il croisa les bras sur un guéridon,
posa sa tête dans l'encoignure d'un mur et s'endormit. Guillaume prit une dernière photo, régla
les consommations.

En voyant le résultat, Guillaume fut frappé par le
regard clair qui semblait démentir le sourire nar-
quois, la bouille goguenarde du comédien, et choisit deux photos de loge : l'artiste, une jambe dans
son pantalon, l'autre dehors, le chapeau vissé sur
la tête ; la seconde, le visage à moitié démaquillé.
Mais il ne donna pas à Mag la dernière photo de la
série, la plus fragile : un homme qui dort.

Elle était aux anges : depuis que la presse l'avait
malmené, Fernand Raynaud refusait tout reportage. Elle se pendit au cou de Guillaume. Un gé-

nie ! Elle l'embrassa. Il était son chéri, son amour. Il accepta les effusions de bonne grâce : elle oubliait Mendoza, roucoulait, minaudait. On lui faisait beaucoup de compliments sur sa dernière page. Elle s'excusait presque de n'avoir pas fait passer de photos de Guillaume depuis quinze jours : « Tu comprends, de temps en temps, je suis obligée d'employer, un peu, les photographes du journal. » Pour éviter qu'elle ne se rappelle que c'était lui qui n'était pas venu, qu'elle n'évoque leur pacte, ses promesses, son engagement, la liste, il fit volte-face : « Dans quelques jours, vous aurez de mes nouvelles. » Il sentit alors dans son dos, le long de ses épaules, le regard avide de Mag.

Marie découvrit dans les planches de contact de Fernand Raynaud que Guillaume l'avait aussi photographiée. Elle ne s'aima pas du tout.

— C'est comme ça que tu me vois ?

— J'aimerais bien faire de vraies photos de toi.

Ce fut le prétexte d'un week-end, sauf qu'ils n'eurent pas une seconde pour poser. Ils préféraient s'aimer.

Ce fut une Marie douce, docile, que Guillaume emmena sur la côte normande. Elle acceptait tout : l'amour, le casino, le marché aux poissons, Honfleur, une visite à une vieille Russe professeur de piano, ivre de Prokofiev et de Rachmaninov, cheval sur la plage, piscine, promenades sur les planches pour parler sans fin de théâtre, de cinéma, de photos, de bijoux, de musique, d'avenir, d'argent, de réussite, de Dieu, de voyages, d'enfance, de coups de foudre, du mariage et, pour plus tard, d'un enfant. Elle était fascinée par la sensation du premier homme sur la lune, l'assassinat de Kennedy, la chute de reins de Brigitte Bardot, les films chantés de Jacques Demy, le comique de répétition, les romans de Beckett, les poèmes d'Apollinaire, la voix d'Arletty et celle de De Gaulle qu'il imita comme il l'avait fait pour Juan et Gi.

Ils riaient à travers la campagne, poussaient des cris d'admiration devant un chemin ombragé ou fleuri, un clocher. Mais ce qui comptait plus que le ciel jaune ou rose, la terre antilope et violette, le soleil marbré ou flamboyant, c'étaient leurs regards, liés comme leurs mains qu'ils ne voulaient plus lâcher. Tout était prétexte à s'embrasser : tournant, impasse, chemin de traverse. Ils achetaient un journal, à la page 3 il se refermait sur leurs baisers comme on emballe une laitue. Plus question pour Marie de fumer : ses lèvres n'étaient faites que pour l'embrasser. Tout les faisait rire, même ce qui, sous d'autres cieux, les aurait mis hors d'eux : la panne d'essence la nuit sur l'autoroute, la gérante du restaurant qui les avait insultés pour être arrivés une demi-heure après le service, la pluie battante sur la plage.

Place des Ternes, le matin, quand ils se réveillaient, le pain était grillé, le café fumait dans la cuisine, un pot de confiture d'orange que Guillaume n'avait jamais vu auparavant dans la maison était ouvert par une Solange discrète qui disparaissait, laissant derrière elle des petits bouquets de fleurs pour colorer les tables, cyclamens, pervenches, violettes. Des fleurs d'amoureux.

Une fois Marie partie, Guillaume rattrapait Solange qui faisait ses courses dans le quartier.

— Crois-tu qu'elle m'aime ?

— Ne vois-tu pas comme elle te regarde ? Tu ne le sais pas mais j'épie, je vois tout.

— J'ai l'impression que je m'y prends mal.

— Elle suit chacun de tes gestes comme si tu étais en verre.

— Tu crois que je l'aime ?

— Qu'est-ce qui te prend Guillaume ? Les questions bêtes c'est ma partition. Veux-tu que je te reparle de ton père, que je te redemande s'il m'aime ? s'il m'a aimée ? s'il va revenir ? si je dois préparer sa chambre ?

Marie s'abandonnait avec elle pendant des heures aux mille sujets qui, d'emblée, n'intéressaient pas Guillaume : la nouvelle façon d'ombrer le dessus de l'arcade sourcilière et de relever le cil pour agrandir l'œil, une vexation sans importance mais qui permet de faire revenir sur le tapis l'obsession de la veille, la peur de vieillir, un achat trop onéreux que finalement on regrette. Solange, solidaire de l'idylle, donnait de bien gentils conseils à son « fils adoptif », le mettant en garde contre une série d'erreurs, qu'elle appelait « le côté désastreux des Delastre » : les petites vantardises, preuves d'enthousiasme, trop-plein d'idéal, de fantaisie, de richesse, qui écrasent, surtout quand soi-même on a de l'ambition. Malgré tout, les deux femmes restaient sur leurs gardes, comme éprouvant l'une pour l'autre une sorte de méfiance. Solange ne se livrait pas et laissait planer les inexactitudes quant à son passé, permettant à Marie toutes les interprétations. Marie ne lui disait pas à quel point elle était amoureuse, jalouse et furieuse de la compréhension sans bornes, perpétuelle, qu'il rencontrait place des Ternes. Elle était irritée par les manières de Solange quand, de chez Bellair, elle appelait Guillaume et ne le trouvait pas : ses hésitations embarrassées montraient une sorte de résistance.

Un soir où Marie retournait avenue d'Eylau, Guillaume se montra aussi triste, aussi dépité que si elle l'abandonnait pour toujours. Il insista tellement qu'elle lui fit remarquer que place des Ternes ce n'était pas chez eux, comme il disait si bien, mais chez Solange. Chez elle, elle avait sa salle de bains, pouvait ranger ses affaires, pendre ses robes ; là-bas, sa collection d'avions en métal était sûrement intéressante, mais entre les pistolets et les piles de photographies, il n'y avait pas un centimètre pour elle. Elle passait son temps à aller et venir un cabas sous le bras pour emporter et remporter ses vêtements que l'on lavait et repassait ici. Si là-bas il y avait une très belle chambre vide qui ne servait à personne, elle devait se satisfaire de trois cintres et d'un vague tabouret en satin rose emprunté à qui ? À Solange.

Guillaume, tout à l'effroi de perdre Marie, plein des observations qui ne s'étaient qu'amplifiées en chemin, trouva Solange, dans ses belles dentelles, prête à s'endormir. Se souvenait-elle de l'adage de Laure ? Quoi ? Quelle heure était-il ? Pourquoi évoquer sa mère à cette heure ? Sans ironie il répéta plusieurs fois sa devise : « Savoir se détacher », l'obligeant à la redire après lui. Bon, c'est bien, mais quoi ? Qu'avait-elle fait ? Qu'avait-elle pris qui ne lui appartenait pas ? Il la secoua, la fit sortir du lit, la traîna jusqu'à sa chambre. Quelle place avait-il, lui qui était soi-disant « sa vie » ? Une petite chambre de gosse. Alors que tout près, une grande pièce vide pour le souvenir mort d'un homme que l'on ne voyait jamais ne servait qu'à des boules de camphre. Voulait-elle qu'il soit heureux ici avec Marie ou fallait-il qu'ils s'en aillent ?

Les joues pâles de Solange, larmes aux yeux, s'empourprèrent, ses cheveux blonds parurent blancs comme de la cendre. Il avait raison : comment n'y avait-elle pas pensé plus tôt ?

— Et s'il revient ?

— Il ne reviendra pas. Voilà, c'est décidé. Entre ma chambre et celle-ci on va s'installer.

Quand il la reposa sur ses pieds, essoufflée, elle

s'essuya le front et parut gênée. C'était tout de même une trahison.

Sous le prétexte qu'elle était attendue à Cannes, Solange disparut le jour où Marie et Guillaume entrèrent pour de bon dans la chambre d'amour. Guillaume sauta sur le lit jusqu'à ce qu'il s'écroule. Dans le même vertige, avec la même sauvagerie, il arracha de la lourde commode chaque tiroir qu'il porta à bout de bras jusque dans l'entrée où s'amoncelèrent planches de bois fendues, chemises, caleçons, chaussettes, paquets de vieux programmes de théâtre, une centaine d'affiches de *Ne te promène donc pas toute nue* joué une fois en matinée à Carcassonne, dont les piles renversées faisaient penser à une vengeance. Impuissante devant ce délire, Marie tâchait de sauver le globe en verre qui coiffait une pendule imitant, avec son cuivre doré, ses créneaux, un château fort de l'ère romantique.

— Arrête, je t'en prie ! Tu ne veux pas prendre ton appareil et profiter du soleil ? Si tu allais voir Mag... Même si on fait les choses simplement, ça coûtera un peu d'argent.

Ils ne parlaient plus que de la chambre, des grappes de raisin appliquées en frise, du trait noir au pinceau que Marie avait tiré le long des murs et qui semblait les faire tenir. Leur installation, ce campement délicieux, le nombre d'habitudes en

107

commun dans le quartier témoin de leur idylle, le plaisir chaque nuit renouvelé donnaient à Guillaume l'impression d'un bonheur inviolable. Marie ne choisissait pas un papier peint, une lampe, sans les lui montrer, ne voyait personne sans lui en parler. Il avait raison : c'était tellement merveilleux de passer la soirée ensemble, d'aller au cinéma, de découvrir un bistrot, de marcher la nuit autour du parc Monceau, dans les rues froides qui les menaient parfois jusqu'à la maison de Laure devant laquelle ils faisaient des grimaces, se promettant d'aller sonner pour lui annoncer que la rue de Miromesnil avait brûlé, ou que la duchesse de Windsor s'était suicidée dans une de ses robes. Enfin elle était célèbre. La télévision l'attendait, qu'elle vienne vite, diktats, colères, croquis à la main. Guillaume tirait Marie par la manche : dans la famille on n'avait pas le sens de l'humour.

Elle lui montrait ses dessins, il discutait ses choix de couleurs, de pierres, les montages, piaffait de rire et de rage aux descriptions des clientes de Bellair évoquant leurs millions, pluie de confettis gênants.

Pour ce bonheur, Guillaume avait déserté le Claridge. Ainsi les concierges firent-ils semblant de ne pas le reconnaître. Pour le punir de les avoir snobés si longtemps, ils faillirent ne pas lui donner le courrier qui dormait dans son casier. « Serai demain aéroport Ibiza t'attendre Stop Apporte maillot de bain Stop Tu me manques Stop Nous vous aimons beaucoup Stop Juan. »

Le télégramme datait de huit jours. S'ajoutait une enveloppe dans laquelle il trouva un billet d'avion et un mot de Gi tapé à la machine : « Cher Guillaume, ne crois pas que tes photos de Fernand Raynaud m'aient échappé. Quel personnage peu intéressant. D'abord il est démodé, ensuite c'est facile ce genre de photos. Il fallait montrer autre chose : sa Rolls blanche, les bouteilles de vin, un détail qui dit tout sur ce tragédien raté. C'est ça qu'il voulait être. Évidemment, peu de gens le savent. Tu aurais dû m'en parler. Il fallait l'agenouiller sur un prie-Dieu. Une image c'est une histoire : ne prends plus jamais une photo sans m'en parler avant. En plus tu as mal réglé tes lentilles : sauf ses yeux gloutons, c'est flou. Ton amie attentive. »

Ne prends jamais une photo sans m'avertir... Mal réglé mon appareil. Sur du papier journal comment peut-elle juger ? Ce qui compte ce n'est pas le prie-Dieu, mais ses yeux, justement.

Au moment où il allait déchirer lettre et billet d'avion, le concierge lui tendit le téléphone. Jaillit la voix sourde et cajoleuse de Juan. À Ibiza, il faisait un temps magnifique, la chambre qui attendait Guillaume dominait la mer dans une odeur de jasmin. Juan demandait lui-même que chaque jour l'on changeât le bouquet à son intention.

— Aujourd'hui ce sont des roses thé, hier tu avais des marguerites immenses, on aurait dit des papillons.

Il riait au souvenir de ces femmes qui s'étaient trompées de porte, lui avaient sauté à la gorge. Il

les décrivit toutes, une à une, et la vie qu'elles devaient mener, et leurs réflexions quittant ce fou
qui les avait bourrées de coups de poing, mais
c'est vrai, il avait eu peur. Heureusement qu'il
était là. Viens...

— Je ne peux pas.

— Gi n'a jamais été aussi gentille qu'en ce moment. Elle parle beaucoup de toi, pour qui nous
avons renoué, rends-toi compte, avec l'homme
qui a appris à Man Ray les radiographes, un grand
ami de Steichen. Il possède la plus belle collection
de photos qui soit, mais, je le lui ai dit, incom-
plète. Il connaît tout de toutes les techniques de
tirage. Tu viens demain.

— Gi exige que je lui montre mes photos avant
de les publier. Comment pouvez-vous rire ? Ce
n'est pas drôle.

— Ah ça, mon cher, elle mouche ! Elle croit
qu'elle connaît tout. Elle ne connaît rien à rien,
prend Brassaï pour un danseur. Elle est toquée. Il
ne faut pas faire attention, elle est gentille tout de
même.

— Je suis furieux.

— Parce que tu es touché par elle. Moi, ça
m'est égal. Je n'écoute pas.

— Pourquoi êtes-vous partis sans me prévenir ?

— C'est elle ! Sous prétexte de voir un homme
d'affaires.

— Pourquoi ne m'avez-vous pas prévenu ?

— Je voulais, mais tu la connais.

— Rien ne vous empêchait de m'avertir

— Je suis revenu mais tu n'étais plus là. Je crois, mais ne le lui répète pas, qu'elle est jalouse. Ce qui lui échappe la rend folle. Elle a besoin de tout surveiller, tout contrôler. Ce n'est pas contre toi : elle est malade. Aussi il faut la comprendre : elle ne peut pas être contente de ce qu'elle écrit. Pauvres poèmes... Et puis elle a tant lutté pour moi. Elle s'est battue comme une chienne.

— Contre qui ? Vous étiez déjà célèbre avant de la connaître.

— C'est plus compliqué. Je t'expliquerai quand tu seras là. Il ne faut pas lui en vouloir. D'autant qu'elle t'aime. Elle demande sans arrêt quand tu viens alors que l'on ne reçoit jamais personne. Tu as la cote ! Si tu l'avais entendue parler de toi et de tes photos, hier à cet homme. J'aurais voulu que tu sois là.

— Elle n'a vu que celle de Fernand Raynaud, qui est soi-disant mauvaise.

— Je ne sais pas si elle n'en a pas trouvé d'autres de toi dans une agence. Avant de partir, elle a réussi à s'en procurer. Cela t'étonne ? C'est une passionnée. Tu as une cliente, et pas n'importe laquelle. Le premier tableau qu'elle possède de moi, elle l'a acheté bien avant que je ne la connaisse et ne me l'a montré que très longtemps après. Au lieu de rester au téléphone pendant des heures, saute dans le premier avion. Toi qui aimes les visages, en ce moment elle est presque aussi belle que Silvana Mangano. Tu le lui diras. On va la taquiner. On va bien s'amuser. Tu ne regretteras pas d'être venu. En tout cas, moi je l'aime beaucoup, ton Fernand Raynaud. C'est un homme intelligent, non ? Cela se voit sur tes photos. Doux et déterminé. Allez, viens. Et n'oublie pas le coup de Mangano. Si tu la voyais depuis que je le lui ai dit : elle glisse dans le patio comme un derviche, c'est *Mort à Venise*. À demain ! Tu viens demain ?

— Non. Laissez-moi trois jours.

— Dans trois jours, d'accord. Je serai à l'aéroport.

Juan raccrocha brutalement. Guillaume resta hébété, la main au-dessus de l'appareil. Que dire à Marie ? Il s'était engagé, ne pouvait plus se décommander, n'avait pas leur numéro. Par qui l'obtenir ? Il ne pouvait laisser Juan se déplacer, et lui ne pas être là ? Juan ne le lui pardonnerait pas.

Mains et pieds gelés, assis au bord du lit, il fixait les bouclettes de la moquette, comptait les points, les recomptait. Et s'il emmenait Marie ? Pas sans les prévenir. Ils l'avaient invité seul. Il n'avait pas osé leur dire qu'il vivait avec Marie, qu'il pensait partir avec elle pour Amsterdam. Que c'était bête ! Il passa la journée à tourner et retourner la question : Y aller ? Ne pas y aller ? Se fâcheront ? Se fâcheront pas ? Dire à Marie : « Je pars dans trois jours en Espagne », même pour une semaine, je ne peux pas. Disparaître attise l'amour ? Prétexter que l'oncle Anatole m'oblige à l'accompagner en Italie ? Que Laure m'a demandé d'aller chercher des tissus bloqués à la frontière suisse ?

Mag ? Mais lui dire à elle que je vais chez les Mendoza, c'est donner des photos au retour. Décidé de tout dire à Marie, ils verraient ensemble.

Elle ne lui laissa pas le temps de parler : Miss Bellair l'envoyait en Amérique du Sud chez une cliente richissime. Elle ne pouvait pas refuser. Paris-New York, New York-Caracas, huit jours là-bas, retour par Washington. Elle l'annonça à Guillaume sur un ton uni, comme on lit la formule d'un médicament. C'était dit. Départ demain. Il bondit de colère. Ainsi n'importe quelle dame du Venezuela ou d'ailleurs pouvait, d'un seul caprice, tout gâcher : ce soir, les suivants, leurs vacances ? Il entendait déjà l'appel d'une autre qui, demain, à Sydney, aurait le besoin urgent d'une croix en diamants qu'il faudrait tout de suite lui porter. L'abandonner pour son ambition ! pour de l'argent ! Il était certain que derrière cette Amérique du Sud se cachait autre chose. Qui avait-elle rencontré chez Bellair ? Pourquoi ne pas être franche ? Elle pouvait jurer, pleurer, mais, puisqu'elle voulait partir, qu'elle le fasse tout de suite, qu'elle s'en aille ce soir, qu'elle ne dorme pas là !

Il arriva chez les Mendoza à l'heure de la sieste, se promena dans une maison taillée dans une gigantesque coque de noix en plâtre blanc. Très peu d'objets, un mobilier sec, du bois foncé, beaucoup de vide, des murs nus, de hautes statues, des cyprès centenaires, un silence parfait. Une petite femme en tablier noir le conduisit à sa chambre, l'installa dans le patio près d'un jet d'eau, puis revint avec du thé glacé, de l'orangeade et des gaufres.

— Ne dors pas au soleil, tu vas te rendre malade.

Derrière lui, Gi, en pyjama de soie imprimée, lui tendait les mains. Guillaume se précipita, la souleva du sol avec élan et tendresse, l'embrassa. Elle lui fit visiter la maison. Dans une loggia, près d'un jardin de roses, ils attaquèrent une partie de scrabble. Un vent léger les effleurait. Elle retira ses lunettes de soleil, et l'œil, tel un beau diamant noir, s'illumina. Elle picorait les pions, cherchant ceux qui pouvaient lui faire marquer le maximum de points. Elle enfermait ses lettres dans ses griffes, comme attendant que la magie en double, triple, la valeur. Avec « nu » que Guillaume venait d'écrire sans rien pouvoir faire d'autre, elle exulta, posant Bienvenue. « Cinquante d'un coup ! » Elle triomphait. Il lui faisait croire qu'il était fâché de perdre, alors qu'avec sa joie enfantine, de nouveau, elle avait gagné son cœur. Elle marquait point sur point. Guillaume plaçait tout au plus deux lettres, ajoutait un pluriel, mais collectionnait les X, les K, les Y, les Z sans pouvoir s'en débarrasser. Mendoza, tiré de sa sieste par les cris et les rires, apparut, vêtu de blanc. En sifflotant, il regarda les comptes et prétendit que sa femme s'entraînait en douce, ce n'était pas de jeu. Il se plaça derrière « son » invité, guida ses doigts. Arrivèrent kiwi, zèbre, wagon, whisky, taxi, qui comptent beaucoup. Ils gagnaient haut la main. Gi grognait : Juan n'avait rien à faire là. En plus, on ne se met pas à deux pour battre une pauvre femme, elle ne jouerait plus jamais lui présent, et donna rendez-vous à Guillaume après dîner. Monsieur travaillerait peut-être. Mendoza sifflotait, savourant la victoire de Guillaume comme la sienne. Gi était mauvaise perdante, c'était connu. La main posée sur l'épaule de Guillaume, il proposa une promenade en voiture qu'elle refusa. Maestro glissa mezza voce : « Maintenant, l'enfant gâtée va bouder trois jours. »

Mendoza conduisait au milieu de la route, avec une maladresse et un aplomb qui amusaient Guillaume. Après quelques tours dans la montagne, il rebroussa chemin, annonçant à son compagnon un spectacle « dont il n'était pas près de se remettre ».

Sur le port, au milieu de grappes humaines soudées les unes aux autres, à l'intérieur et hors de maillots trop tendus, poitrines, cuisses, lunettes de plongée astrales, bijoux en veux-tu en voilà, se baladaient sous des cheveux crêpés, montés, laqués, teints, chignonnés, serre-tête et pas de tête. Et de l'or, de l'or, beaucoup d'or. Maestro, dans ce déferlement, marchait, serrant le bras de Guillaume à chaque assaut de vulgarité.

— À Marbella, c'est pareil. Plus riche, mais tout aussi moche. Regarde, en plus, comme ils ont l'air endormi et résigné. On ne les a tout de même pas forcés à venir là ! J'ai passé des journées à les suivre : ils ne vont nulle part. Ils tournent, mangent des glaces, achètent des riens, reviennent, rachètent des glaces, regardent devant eux sans voir. Ce n'est pas leur faute : il n'y a rien à voir qu'eux-mêmes, petits cauchemars qui se dandinent. Lorsqu'ils retournent chez eux, à Nogent-le-Rotrou, Düsseldorf, Séville, Manchester, Jemmapes, ils redeviennent les petits fonctionnaires d'une mode sage, de gestes prudents, de mœurs étriquées, de façons hypocrites, de réflexes courts. Ils rentrent dans leur coquille, innocents, oubliant qu'ils ont été ces baudruches phosphorescentes de bêtise. Ils diront toute l'année qu'Ibiza est un rêêêêve, une beautéééé, un paradiiiiiis, qu'ils y ont fait l'amouououououour, qu'ils y ont vu des éphèèèèbes. On bêle beaucoup entre Marbella et Ibiza.

Dans un brusque mouvement, il se précipita dans sa voiture et repartit vers la montagne fonçant à travers la foule, le teint livide. Une fois chez lui, dans le jardin qui sentait le citron et la bergamote, il supplia Guillaume d'aller prendre une douche, de laver vêtements, cheveux, mains, ongles.

Gi les retrouva près de la piscine, purifiés, silencieux et pensifs.

Ils dînèrent dans le patio sur une nappe bleu marine. Assiettes en terre cuite, couverts en argent, larges bols en pâte de verre, pain cuit au feu de bois, fleurs des champs.

Mendoza parla de Goya. Guillaume jouissait de ce moment paisible découpé dans le temps. Le départ de Marie ne blessait plus.

Ils prirent le café à demi étendus sur des nattes de paille. Guillaume parla photographie.

— C'est pour moi une mémoire. J'ai toujours eu le sentiment de l'éphémère, de perdre ce que j'ai, ce que je vois. Je veux retenir, tout retenir.

Ce n'est pas tout à fait ce qu'il voulait dire, il cherchait ses mots. Gi insinua qu'il ne jouait pas le jeu. Qu'il était un voleur.

— Peut-être que je cherche à me persuader

que je vis vraiment, que ceux que je rencontre existent pour de bon.

— Pour oublier quoi ?

Rouge de confusion, il reprit :

— Vous ne pouvez pas savoir le bonheur que j'ai d'être avec vous. Rassurez-vous, je ne vais pas vous prendre en photo, et pourtant j'aimerais garder la forme, ou plutôt la direction de vos gestes. Je ne sais pas comment vous dire, l'esprit de ce moment... votre présence...

— Quand tu nous reverras plus tard, tu seras déçu, affirma Juan. La lumière ne sera plus exacte, ton cœur non plus. C'est pour cela que nous ne devons jamais nous quitter. La photographie ne donne que nostalgie, regrets, sentiments négatifs, pénibles. Je déteste. C'est un piège et un mensonge. Un périmètre plat.

Guillaume se réveillait tôt, alors que les ciels d'albâtre laissaient percer des lumières orange, pourpres, qui tout à coup incendiaient les dômes de la maison Mendoza, les cimes des arbres, transformant les branches en baguettes d'ivoire ou de corail. Il savait que Juan était déjà dans son atelier, absorbé par la toile, les yeux à demi clos, lèvres avalées, visage calme. Il avait vu la douleur jaillir face à la difficulté, les mains de Juan se refermer jusqu'à ce qu'il ait dénoué l'écheveau. Le motif auquel l'œil de Guillaume s'était habitué s'évanouissait pour faire place à une perspective, une couleur imprévue. Il restait, souffle suspendu, devant l'évidence révélée. Juan aux aguets, rapide, semblait obéir à la toile qui faisait taire sa fantaisie, tyrannique hors de l'atelier. Aucune incartade, pas de distraction. Les tubes de couleurs étaient sages, aux ordres, rangés. Flacons d'essence, d'huile, pinceaux étaient prêts. Jamais un mouvement de colère ou de panique. Tout était conduit, construit de main de maître. L'attention de Guillaume soutenait Mendoza qui, de temps en temps, le regardait comme, à l'aide d'un miroir, on juge la toile différemment. Parfois il s'arrêtait pour lui expliquer pourquoi il se servait d'un bleu ou d'un rose pâle pour la plage.

— Pas un trait qui souligne. On dit que je dépasse la peinture, que j'enfreins ses règles. Je ne sais pas ce que ça veut dire. Mes relations avec le tableau sont aussi simples que celles avec toi. Gi t'a encore appelé ? Elle ne peut donc pas nous laisser tranquilles ? Elle ne sait pas qu'on travaille ?

Sortant de l'atelier, Mendoza avait toujours quelque chose à lui montrer, une raison de parler encore, d'être ensemble.

Dans le silence du petit matin, Guillaume traversant la maison endormie sentait par à-coups le manque de Marie. Où était-elle ? Il remontait à sa chambre sur la pointe des pieds, mais Gi, si elle n'avait pas réussi à l'arrêter en chemin, venait le trouver. Alors, que lui avait dit Maestro ? Son humeur ? Peignait-il ?

Guillaume s'enfuyait vers la mer rejoindre la crique sauvage, protégée par des tranches de rochers brisées, hautes galettes qui enserraient une petite langue de sable constellée d'une myriade de coquillages où venait mourir l'eau cristalline. Aucun bateau n'avait idée de mouiller auprès, jugeant sans doute négligeable ce paradis où voletait une famille de papillons noirs marqués de taches blanches. Longtemps il restait étendu, puis nageait, revenait, marchait, faisait taire en lui la voix qui le ramenait à Marie.

Pas un jour sans elle pendant ses longues promenades jusqu'à la mer à travers broussailles, arbustes, brins de lavande, plantes épineuses du maquis, bouquets de lys sauvages. Parfois le soleil, collé au-dessus de la ligne d'horizon, semblait ne plus vouloir bouger, comme s'il la cachait. Il lanternait dans une ouate de chaleur, disque orange et fin. Guillaume au pied de l'escalier remontant à la maison attendait Marie.

Les soirs le ramenaient aux flacons, aux bâtonnets d'encens qu'elle alignait avec tant de soin devant elle, donnant à ses gestes la transparence fainéante, le rythme calme de ses parfums suspendus. Il l'appelait de toutes ses forces. N'avaient-ils pas perdu assez de temps ? Il la cherchait entre les terrasses ceintes de murets fermés par des portes de bois foncé venu d'Australie. Dépassant les quelques gradins d'où l'on voyait déjà la mer, il l'aurait emmenée au centre de la pyramide digne des mystères de l'Égypte par ces couloirs saturés d'odeurs. Dans les chambres de verdure, il lui prenait la main, lui chuchotait pardon pour cette scène injuste, l'embrassait dans les sentiers de gravillons blancs et se couchait contre elle sur des feuilles douces comme des gorges de moineaux. Ses larmes, sur le sable brûlant, dissolvaient le visage de Marie. Pourquoi s'être disputés, pourquoi être venu, pourquoi ce silence ? Il criait Marie, Marie ! Le soleil. faiblissait.

Les deux premiers jours il avait été persuadé de pouvoir passer outre : elle ou une autre, ou personne. Qu'est-ce qu'une semaine dans la vie ? On meurt paraît-il pour une seconde d'inattention. Là, c'était toute une semaine de distraction.

Une silhouette dans l'escalier, ce n'était pas elle. Une ombre passait entre deux portes au loin près de la cuisine, ce n'était pas Marie. Le soleil mordait l'eau. À peine un point rouge. Noir absolu.

Juan a cinquante-trois ans après-demain. Ils préparent une fête. Marie sera sûrement à Paris. À tout prix rentrer avant elle. Alors que Guillaume évoquait son départ, Gi entra dans une terrible colère. Elle savait que Juan détestait que l'on invite qui que ce soit, mais il n'était pas seul : elle adorait les anniversaires.

— J'en ai assez de vos manigances ! Nous ferons, nous trouverons, nous irons... nous, nous... qui est ce nous ? Comme si je n'existais pas ! Comme si ce n'était pas ma maison ! « Je » vais faire des photos ici, « Je » vais faire des photos là-bas, « Je » lis ceci, « Je » pense cela, « Je » vais ici, « Je »... Crois-tu Guillaume que tes caprices tes cheveux blond fade tes manières m'en imposent ? Il m'en faut plus ! Tu veux partir ? Va-t'en et ne remets plus jamais les pieds dans nos traces. Et je vais te dire...

Elle tirait sur son « dire » comme sur son long collant noir.

— Si tu crois qu'en te moquant de moi avec Juan tu t'en es fait un ami, tu t'es mis le doigt dans l'œil jusqu'à l'omoplate, parce qu'il est venu, comme d'habitude, tout me répéter.

Guillaume jeta un coup d'œil vers Juan, qui regardait ailleurs, honteux.

— Nous plaisantions.

— Des plaisanteries ? Où a-t-on vu que l'on allait chez les gens pour se moquer d'eux ? Nous nous étions juré de ne jamais ouvrir notre porte à un journaliste, et voilà ! Voilà ! Voilà !

Elle longeait le bord de la piscine à grandes enjambées marquées par des arrêts brutaux et des volte-face théâtrales. Prise par son élan, sur un pas moins calculé, elle bascula et tomba de tout son long sur la dalle brûlante. Suivit un long silence déchiré par le cri d'un chien dans le lointain. Elle gisait, tête plaquée au sol. Guillaume imagina une seconde qu'elle était morte. Enfin Juan courut vers sa femme. Sans se baisser, il ne répétait que... « C'est épouvantable qu'est-ce qu'on peut faire ? » Guillaume, à genoux, lui prenait la main, caressait son front. Elle ouvrit alors les yeux et dit sur un ton de commandement :

— Ma jambe !

Deux petits lacs de larmes noyaient ses yeux. Elle était si contente de cette pose merveilleusement pathétique, idéalement tragique, confortablement lamentable qu'elle voulait qu'ils la laissent là.

Juan n'aimait pas les hôpitaux et ne voulait pas risquer les encombrements à cette heure. Il resterait à la maison, Guillaume ferait très bien l'affaire.

On emmena Gi sur un chariot. Sa main agrippa celle de Guillaume. Sans les infirmières, il l'aurait suivie jusqu'à la table d'opération.

— Vous pouvez compter sur moi. Je suis là, je ne partirai que lorsque vous serez rétablie.

— Promis ?

— Juré.

Il rentra furieux après lui. Jusqu'à quand fallait-il rester ? Il s'enferma dans sa chambre où Men-

doza vint frapper plusieurs fois. Quand retrouve-
rait-il Marie ? Peut-être jamais.

— Je dors ! criait-il.

Il finit par ouvrir. Juan s'installa, s'assit sur le
lit, désolé. Guillaume n'était pas responsable.
Qu'il ne s'en fasse pas. Ce n'était pas si grave. Elle
n'avait eu que ce qu'elle méritait à hurler de cette
façon. Guillaume avait été trop gentil d'affronter
la fournaise d'Ibiza, pourquoi l'avoir accompagnée : le médecin était là pour ça, c'était son
travail.

Gi arbora son plâtre tel un ancien combattant
la manche flottante qui lui a valu un tapis de dé-
corations sur la poitrine et tant de beaux souvenirs. Elle était là, avait vaincu. Que s'était-il passé
pendant son absence ? Juan n'avait évidemment
pas travaillé. Guillaume ? Rien ? Alors ? Sans elle
tout le monde était mort ? Il fallait secouer tout
ça ! Que Guillaume l'installe dans le salon près du
patio, et que Juan file à son atelier. Elle tira son
châle sous son menton, quêtant un soutien dans
son regard. Elle parla aussitôt de l'Inde, des
aphrodisiaques, de ses amants, du jus de grena-
dine, de son rubis qu'elle comparait à la boisson.

Guillaume était l'enjeu de leurs journées : il
était allé à l'hôpital, Juan l'avait eu en barque ;
elle l'avait eu au patio, il l'aurait à l'atelier. Il y
était depuis un peu trop longtemps, elle l'appe-

lait. Qu'il descende ! Qu'il remonte ! Qu'il redes-
cende ! Qu'il vienne ! Un peu de patio, un peu
d'atelier ; trop d'atelier, jardin ! Elle avait profité
de sa sieste pour l'avoir, Juan récupérait son tour :
il le garderait plus longtemps le soir. Gi se repo-
sant quand Juan travaillait, et Juan dormant
quand Gi tricotait idées, poèmes, souvenirs sur af-
fabulations, Guillaume fut privé de soleil, de
lecture, de téléphone, de plage, de pensée. On
comptait sur lui pour transmettre les messages à
l'autre, et réciproquement. Les missions dont il
était chargé allaient de la déclaration d'amour à
la déclaration de guerre, de haine même, plus difficiles à transmettre que les mille pardons qui suivaient enrobés de plaisanteries, de bouquets, de
croquis, de mots enfin doux. Dans ce manège in-
cessant, Guillaume ne savait plus ce qu'il disait,
qui lui revenait transformé par la bouche de
l'autre.

Quand Juan sentait, sortant de l'atelier, que Gi
et Guillaume avaient trop parlé à son goût, il
brouillait les cartes, comme au scrabble, les assommant de projets insensés, de doutes, racontant
pour finir sa mort qui ne faisait rire que lui. Muni
de jumelles monumentales, il fouillait routes,
fourrés, vagues, cherchant dans la moindre em-
barcation un nouveau monstre dont l'accoutre-
ment, la pose avachie, offerte, lui causaient le plus
grand dégoût. Gi ripostait qu'il y avait près de lui,
à Paris, beaucoup plus vulgaire.

— En plus, ceux-là vivent à tes crochets.

— C'est toi qui, pour la plupart, me les as amenés.

Le soir, Gi ne manquait pas une occasion de retenir Guillaume près d'elle, de le féliciter : « Il » avait peint ? C'était beau ? Vraiment ? Elle extirpait de son panier à crevettes en osier doré leurs lettres d'amour. Plus elle analysait ce qui l'attachait sensuellement à son mari, plus Guillaume était choqué. Comment éviter ses confidences ? Pourquoi aller jusqu'à lui parler de ses jouissances, de leurs habitudes, de leurs secrets ?

— Il me faisait marcher devant lui dans les ports, presque dévêtue, jusqu'à ce que j'exaspère la concupiscence des marins. S'ils nous poursuivaient, nous obligeaient à courir nous réfugier vers notre voiture, au bord de l'insulte, du lynchage, cinq cents mètres plus loin on recommençait. Juan m'observait, assise dans des bars, croisant, décroisant les jambes. Pourquoi crois-tu qu'il t'emmène sur le port d'Ibiza si ce n'est pour s'enivrer de ces femmes en petite culotte serrée. Seul, il ne quitterait pas ces attelages. Il veut voir. C'est pour ça que tu es là, pour le retenir. Pour le ramener. Il ne peut plus supporter ces émotions. L'été dernier, il me demandait encore de me mettre nue devant lui dans ce patio et de m'enduire de miel. À quatre pattes, il aboyait comme un chien, faisait le beau, la bouche prise dans la muselière pendue au radiateur de l'entrée. Ensuite il me léchait, gémissant, éperdu.

Guillaume ne souhaitait pas en savoir davantage. Mais lui-même, en la voyant en maillot de bain moulant sur ses collants noirs où glissaient des gouttelettes d'eau argent après avoir nagé dans la piscine, ne l'avait-il pas désirée ? En tout cas, il avait songé au désir, à ses désirs à elle, à qui la désirait. Elle n'était pas qu'une toile pour milliardaire, une carte postale pour esthète, un symbole pour tout le monde, mais une femme de chair, d'amour.

Les doigts de Gi lissaient nerveusement son mouchoir telle la folle à l'asile qui, devant sa fenêtre, fouille sans relâche le néant, les jours passés mêlés à ceux à venir, aussi illisibles que lui sont inaccessibles rue, rencontres, quotidien, puisque la voilà enchaînée à ce supplice : Juan, qu'elle ne peut abandonner, Guillaume qu'elle ne peut émouvoir.

Habitué à faire oublier leurs faillites à Laure et à Solange, ses angoisses à Mag, il savait que le récit d'une vie un peu ratée avec une Marie égoïste lui ferait plaisir. Il décrivit une Marie coquette, indifférente, souvent méchante, exagéra ses attentes avenue d'Eylau, se complut à décrire sa peine, le froid, les affronts. Il avait couru vers la douce épaule de Marie et s'était heurté au loden rêche d'une inconnue féroce. Plus elle avait fait répondre chez Bellair qu'elle était absente, plus Gi relevait la tête.

Ainsi Marie était comme Juan ? Tous des monstres. Mais alors, pourquoi vouloir rentrer si vite ? D'autant que tu as rompu.

Il se laissa entraîner et raconta Marie du début : leur rencontre, ses yeux, sa façon d'enrouler la tête, le pavillon d'Armenonville, la poursuite dans les cuisines. Il joua si bien que sa jalousie revint au galop et le prit à la gorge. Réapparurent le petit avocat assis sur une des chaises vertes de la buvette du jardin des Tuileries et Marie lui caressant la main, comme si elle le faisait, à l'instant même, dans ce patio où le regard hébété de Guillaume avait chassé Gi pour ne voir qu'eux.

Terrassé par l'angoisse, il retira sa main des mains de Gi. Il valait mieux aller se coucher. Il resterait encore trois jours, pas plus.

Il suffoquait d'être sans nouvelles et s'échappait pour appeler l'avenue d'Eylau, les Ternes, Bellair. Il essayait plusieurs fois, le matin, au milieu de la nuit, entre deux allées et venues. Pas de réponse. Marie était introuvable. Il finit par apprendre qu'elle était retournée chez sa cliente de Caracas. S'il était rentré plus tôt, il aurait pu la retenir, ou l'accompagner. Les Mendoza avaient peut-être dévasté sa vie.

Comment annoncer à Juan et à Gi son départ ? Invoquer son travail ? Que pesaient ses photos pour Gi face à l'inspiration de son géant, à leur démarche, à leurs idées, à leur solitude, à leurs drames ?

Combien de temps faudrait-il encore donner pour qu'ils n'aient pas l'impression d'être punis après cette discussion où tous les deux cherchaient à lui prouver que la photographie n'était pas un art ?

— Il veut partir !

Guillaume éclata de rire : la maison n'avait pas brûlé, il ne leur avait rien volé, pourquoi cet accent tragique ? Il reviendrait.

Le regard de Juan se défit de lui, comme la pomme se détache de l'arbre. Il crispa les mâchoires, grimaça, tourna la tête, se plongea dans la lecture attentive d'un journal du mois précédent. Gi se concentra sur le bas qu'elle roulait au bord de son plâtre, lui fit une remarque odieuse sur ses rapports avec Marie. Guillaume monta dans sa chambre faire sa valise. Peut-être qu'après cet instant de calme ils redeviendraient normaux. Ils n'allaient pas se quitter sur cette brouille.

Quand il redescendit, il trouva la maison vide. Ça y est, ils recommencent ! Écroulé dans un canapé du salon, il se mit à rire, il regarda sous les meubles, derrière les fauteuils. Il ouvrit les armoires, descendit au garage.

Ils sont en ville, lui dit-on à la cuisine.

Il réserva une place dans le premier avion du lendemain.

Tout le matin Juan et Gi restèrent cloîtrés dans leur chambre. Le calme de la terrasse avec ses arbres aux troncs entourés de couronnes de cailloux comme des fers d'esclaves, les fauteuils, les chaises longues, rangées, repliées, comme si on fermait la maison pour l'hiver, leur désertion brutale donnaient au soleil quelque chose d'abstrait.

Au centre de la marée des visages soumis des voyageurs qui se pressaient, passeport en main, encore écrasés par quinze heures de vol, Marie seule captait la lumière. Elle sauta dans ses bras. La foule avançait en rangs serrés, bousculant leur long baiser. Poussés par les uns, rejetés par les autres, Guillaume et Marie, enlacés, filaient comme un bouchon le long d'un courant, se laissant ramener par un autre, tout au délice de ces retrouvailles.

Ils s'arrêtèrent chez le fleuriste de la place des Ternes qui se targuait de rester ouvert très tard, dernière escale avant l'appartement où, un mois plus tôt, chacun s'était promis de ne jamais revenir avec l'autre.

Il ne fallait plus se séparer. Ils s'étaient trop privés, trop manqués. Combien de couchers de soleil à rattraper ? Aimantés, ils se cherchaient toujours alors qu'ils avaient les mains nouées. Leurs corps, les heures n'avaient plus de limite. Ils se dévoraient, dévoraient l'automne, dévoraient Paris.

Des jours durant, Marie, enfouie dans ses bras, parla d'eux : elle ne s'était jamais attachée à quelqu'un comme à lui, se réjouissait que Miss Bellair ait cédé devant les menaces de Guillaume, et que, malgré ses consignes, elle ait avoué la date et l'heure de son retour. Elle l'imaginait en riant, harcelée jour après jour. «Ah, quand tu veux quelque chose...» Guillaume prolongea le rire, imitant Gi et son plâtre, Juan et ses caprices, leur retraite, les jardins. Plus sérieux il parla de leur solitude et de la ferveur de Juan dans son atelier.

Alors qu'ils rebranchaient le téléphone pour appeler Mag, la sonnerie stridente les surprit.

— Tu ne sais pas ce qu'elle m'a fait... Nous sommes arrivés au Bourget, trois voitures attendaient, plus une ambulance. Voiture pour les bagages, voiture pour les domestiques, voiture pour moi, l'ambulance pour elle ! Elle a refusé d'y monter !

Guillaume se mordait la langue. Il aurait dû interrompre Juan tout de suite, ne pas se laisser reprendre par le charme de sa voix, ses regrets, ses projets, alors qu'il s'était bien promis de ne jamais les revoir. Il se surprenait à le rassurer : mais non il ne le dérangeait pas. Ces vacances lui avaient fait un immense plaisir. Il s'entendait dire cette formule si bête, si creuse, ne pouvait plus la rattraper : ils étaient déjà ailleurs.

— Gi a demandé que tu l'appelles.

Marie s'impatientait.

— Juan, je dois vous quitter.

— Je suis content d'être à Paris, tu ne peux pas

134

savoir tout ce que ce remue-ménage a provoqué en moi.

— Je vous en supplie, je ne suis pas seul. Je suis désolé, il faut que je raccroche.

— Viens ce soir. J'ai réservé au Petit Bedon. Appelle Gi, elle ne veut pas venir, elle boude.

Guillaume trépignait.

— Ni Gi ni personne.

— Elle va être fâchée. Je lui envoie des fleurs de ta part.

— Si vous voulez...

— Finalement, Guillaume, on n'ira plus jamais à Ibiza. Regarde ce qui nous est arrivé...

— Enfin ce n'est pas vous qui vous êtes cassé la jambe !

— Ç'aurait pu être moi. Ou toi. C'est un lieu maudit. Et tu sais pourquoi nous y allons ?

— Je n'ai pas le temps...

— À cause de Gi ! À New York ou ici, je peux rencontrer des gens. Là-bas, elle me surveille comme une mouche dans un gobelet. Je ne peux avoir d'aventure avec personne.

— Vous avez des aventures ?

— Que crois-tu ? Gi me force bien à coucher avec elle, non ?

En voiture Guillaume ressassait : « Tu es mon seul ami. Appelle Gi. Petit Bedon. Plein de nouvelles idées. En art, ce qui compte c'est d'ouvrir des portes. Va voir Gi. Je ne fais rien sans elle. Installe-nous à Paris. As-tu retrouvé Marie ? Gi m'a raconté. Je t'emmènerai chez Picasso. Abandonne le Claridge.

Ne jamais comparer. Il n'y a pas de mieux. Tout est pire. Ne jamais être de mauvaise humeur. Bacon ? du Giacometti sur lequel on a écrasé son nez. » Qu'avait-il dit de Courbet ? Peu importe. Pourquoi s'être laissé embarquer de cette façon ? D'autant qu'il claironnait : « Tu sais, pour nous, personne ne compte. »

Guillaume faillit ne pas reconnaître Juan qui les attendait au fond de la salle près d'un perroquet d'une verdeur comique. Il s'était coupé les cheveux. Plaqués, gominés, rejetés en arrière, ils faisaient paraître son front très haut, et ressortir ses yeux enjoués. Costume Mao, phrase rapide, il paraissait plus jeune que l'homme côtoyé trois semaines durant. Absence de pose, de canne, de Gi, il avait « simplifié » comme le lui avait conseillé Guillaume, une fois à Ibiza. Pas un « Ça m'est égal » mais une présence attentive et légère. Il commandait les plats, servait le thé, demandait ce que vous faisiez, semblait vous écouter. Bizarrement, pas un mot sur Mendoza. Envolé Maestro. Restait, à travers le ballet des serveurs en kimono noir au dos marqué d'un signe doré et les cris de l'oiseau, un hôte parfait. Marie, partie de la place des Ternes en traînant les pieds, était séduite.

Happés dans un tourbillon d'histoires, soudés par une excitation qui frôlait le délire, au milieu des dîneurs, tous trois sollicitaient leurs plus curieux souvenirs. Pris par le désir d'éblouir, ils parlaient si vite, leurs voix se chevauchant, que de loin on pouvait penser qu'ils employaient une langue qui n'appartenait qu'à eux. Ils en étaient arrivés à ce degré de complicité qu'à présent toute phrase, même tronquée, tout début d'échange, faisaient repartir leur imagination, phénomène aussi indépendant qu'un tremblement de terre à répétition. La salle du restaurant déserte, Juan devint tout à coup sérieux :

— C'est Gi qui voit mes contrats, mes engagements. Les affaires signées par moi ne le sont pas par moi. Je ne mets jamais les pieds chez les notaires. Elle pourrait me ruiner si je la trompais trop. Remarquez, elle se ruinerait elle-même. Sur le coup elle aurait de l'argent, mais après... Il ne faut pas qu'elle tue la poule aux yeux d'or. Elle imite si bien mon écriture qu'elle pourrait rédiger mon testament. Imaginez qu'elle s'entiche d'un voyou

— Pourquoi un voyou ?

— Nous avons un goût pour les voyous, les putains, la racaille. Ça te choque ? Pas moi.

Marie, présentée à Gi au Ritz le lendemain, fut touchée par le naturel et la chaleur de l'accueil. Juan, à genoux, peignait sur le pansement de sa femme un minuscule paysage lunaire, plaine grise dévastée par des cratères jaunâtres. Dans les trous du plâtre bouillonnait la lave. On voyait le cosmonaute, comme un touriste du Mont-Saint-Michel, ramasser des coquillages. Dans dix centimètres tenaient des milliers de kilomètres de désert, l'homme seul, dans son scaphandre, relié par ses tuyaux à oxygène, leur tournait le dos. Mendoza était persuadé qu'un jour la Lune se vengerait. Marie imaginait ce plâtre aux enchères de Parke Bernet. Plus tard, elle pourrait dire en feuilletant les livres d'art, j'étais là. Elle trouvait leur vie intelligente et leur vanité gentille. Entre les plaintes de Gi, les exigences de Juan et des débuts de disputes tout de suite enrayées, elle croyait deviner une passion considérable. Elle comprenait l'attachement que Guillaume avait pour eux. Elle sut, aussi rapidement que lui, apprendre leur langage, le mot qui convenait à Juan ou à Gi, ce qu'il valait mieux taire, de quel geste, de quelle surdité il fallait faire preuve pour que chaque moment ait la saveur d'un bonheur éternel.

Guillaume et Marie allaient et venaient entre la suite des Mendoza, où le soir ils restaient très tard, et leur place des Ternes. Le monde n'existait plus. Quand on n'allait pas « essayer » quelques petits restaurants, une table était dressée devant la cheminée entre les fenêtres qui dominaient la place Vendôme, pour des pique-niques à la fois cérémonieux et bohèmes. Juan, au dernier moment, ajoutait une fleur, entourait un flambeau d'épis de blé qu'il attachait avec un bout de bolduc chipé au paquet de gâteaux offert par Marie, trois pommes de Ceylan, hommage à Liotard ou à la Terre, rappel de son goût pour la simplicité que Gi, selon lui, risquait d'oublier : elle était par trop avide d'or et de vermeil. Guillaume, pour le punir de sa médisance, aidait Gi qui exagérait les précautions à prendre pour marcher. Jouant avec lui, elle claudiquait plus que Juan, se balançait d'une jambe sur le vide de l'autre maintenue en l'air avec de grandes difficultés. Il la prenait sous le bras, véritable infirme qui forçait la note, jusqu'à ce qu'ils croient qu'elle n'était qu'une vieille femme endolorie, grimaçante, mécontente du temps qu'il fait, des tapis risquant de la faire chuter, du repas qui l'étoufferait, pour, tout à coup, gambader, tourbillonner, pirouetter. Elle était prête à tout recasser, immense coquette, immense dandy dont la beauté ne pouvait que frapper. Tant de fois statufiée. En cire à Copenhague, en marbre à Berlin, en plastique rose au Guggenheim, elle s'étonnait de ne pas être déjà toute en bronze et de pouvoir encore revenir vers eux. Quelle chance d'avoir pu se sauver du moule, au moins pour ce dîner !

Quand les Mendoza étaient fatigués de la carte de l'hôtel, Guillaume et Marie leur apportaient des plats chinois, mexicains. Juan choisissait des bouteilles de vin aux millésimes indiscrets : l'un rappelait sa naissance, celle de Gi, la première plaquette de poèmes publiée, ou *L'Enfant bleu* que le Musée d'Art Moderne de New York venait d'acquérir. Un cri ? Aussitôt flottait une ombre inquiète dans la prunelle de Gi. Guillaume, aux aguets, changeait le cours de la conversation, parlant plus fort que Juan. La crise de l'un, la mauvaise humeur de l'autre que l'on voyait poindre, disparaissaient aussitôt. Juan, libéré, avait terminé, sans que l'on s'en aperçoive, la série de douze toiles difficiles avec lesquelles, d'après Gi, il se battait la nuit dans la pièce à côté. C'était fait, peint, livré à l'Amérique. Au revoir. Guillaume et Marie avaient « beaucoup aimé », ce qui attisait la jalousie de ceux que Guillaume rencontrait souvent auprès des Mendoza, que Juan surnommait les « charmants amis ».

Partant en week-end tous les quatre, il était convenu de n'en rien dire à Suzy, Bella, Carlos, aux Steinway. « Pas un mot à aucun. La fuite à Varennes, quoi ! » Guillaume se moquait de l'importance que Juan attachait à ces cachotteries. Quel plaisir pouvait-il trouver à les dérouter puisqu'ils apprendraient de toute manière où ils iraient, ce qu'ils mangeraient, quel journal ils achèteraient, ce qu'ils diraient, Juan et Gi ayant la science de se couper.

Guillaume se rebellait contre la désinvolture avec laquelle ils demandaient à l'un ou à l'autre de patienter dans le hall : Juan n'était pas encore prêt, il allait bientôt l'être, il s'habillait...

— Dites-lui dans une heure, dans deux, mais ne le faites pas attendre pour rien.

Lorsque Guillaume et Marie préféraient passer la soirée tous les deux place des Ternes, Juan et Gi rappelaient l'arrière-garde. Qu'il soit neuf, dix heures du soir, Bella Becker, Carlos, Suzy pouvaient avoir fini de dîner, Méduse être démaquillée, tous accouraient. Ils lâchaient amour, parents, amis, fatigue, bouillotte. C'était si inattendu, si heureux, si exceptionnel ! Pourtant, souvent au dernier moment, alors qu'ils étaient devant le bureau du concierge, Gi, désolée, descendait à leur rencontre : « Il ne veut voir personne. Que voulez-vous, c'est Juan ! » Ils repartaient meurtris, mais non sans espoir. Du moment que l'on était appelé, on n'était pas en disgrâce. Ils étaient moins contents quand, quelques jours plus tard, ils apprenaient par Bella que Juan et Gi étaient finalement allés rejoindre Guillaume et Marie à la Brasserie Rouge.

Cette faune affolée ayant à plusieurs occasions essayé de nouer amitié avec Guillaume, occupé seulement de Juan et de Gi, s'agaçait de cette ignorance dans laquelle il la tenait, obstiné à ne voir, en dehors des Mendoza, que Marie. Ils ne lui trouvaient pas tant de grâce. Qui était-il ? Quelles étaient ses intentions ? Quoi, le Claridge ? Photographe ? Est-ce un métier ? Pas un ne manqua de faire une petite enquête sur son passé, interprétant regard, geste, présence, absence. Et cette Marie ! Une vendeuse ! Et cette Mag avec laquelle on l'avait vu un jour à la terrasse d'une brasserie des Champs-Élysées. Pas un endroit où l'on va ! Tous avaient parlé à Juan et Gi, avec fiel, du déplacé de leur amitié pour Guillaume, tous avaient rapporté des ragots sur son compte. C'était lui que l'on soupçonnait d'avoir volé le carnet de dessins qui avait disparu de la suite. Ils s'étaient déchaînés. À cause de Guillaume, ils avaient été convoqués · Méduse, Carlos, Bella, et tous ceux qui avaient traversé la pièce où Juan avait rangé le carnet. L'affaire avait été terrible. Le doute planait encore.

Marie tremblait, écœurée par la haine qui s'était déchaînée contre Guillaume.

— Juan aurait dû dire qu'il était sûr de toi.

— Il est sûr de moi.

— Mais qu'il le dise ! Tu ne penses pas que c'est pour t'éprouver, voir comment tu réagirais aux accusations qu'il l'a égaré exprès ? Es-tu sûr que lui-même et Gi n'ont rien dit contre toi ?

— Peut-être. Pour rire. Et alors ?

— Cela t'amuse ?

— Ce sont mes amis.

Il rêva qu'il tirait des rideaux de fer devant les fenêtres des Mendoza, comme certains soirs, par gentillesse, avant de les quitter, il fermait leurs volets. Cette fois, leur suite était emplie d'une eau verte où lambinaient des courants de toutes les couleurs. Dans l'aquarium nageaient, ronde effrénée, les amis transformés en poissons excentriques, ne cherchant qu'à paraître éblouissants aux yeux du Maître qui nageait dans son eau à lui d'un vert différent, diffus, poudré, à peine fluorescent. Gi, hippocampe dressé, bagué, adossé à un rocher, les mains croisées sur son sac Hermès, ricanait, l'œil incliné et malicieux, observant leur manège : ils noyaient Marie, ablette dorée, et le Leïca qui, finalement, prenait l'eau et disparaissait sous des gravillons. Juan, le corps bleu, tournait, insensible au massacre. Ses naseaux expiraient une fumée d'enfer. Bella Becker, qu'entre eux ils appelaient la Naine, n'avait pas échappé à la métamorphose. Bernard-l'hermite tapi au fond du bassin, de sa bouche de goret partaient les plus vilaines informations : Marie n'avait pas rompu, non seulement elle déjeunait aux Tuileries avec son avocat, mais elle vendait avec lui les dessins volés à Juan. Comme en écho, Gi commentait à un banc de morues le pedigree de la Naine : mère, poule à Montréal, femme d'une vulgarité au moins égale à celle de sa fille qu'elle ne fréquentait que parce qu'elle était gourmande et méchante. Si gourmande qu'un jour elle éclaterait entre les petits plats qu'elle se faisait livrer des restaurants les plus ahurissants où elle finissait de se ruiner, tuant au passage le personnel à force de remarques, de bons et mauvais points qu'elle décernait avec la férocité hautaine de la petite fille gâtée qu'elle jouait pour elle seule dans des robes-sacs couvertes d'impressions fleuries. Aimait-elle les hommes ? Pas pour coucher, affirmait Gi qui savait qu'elle avait été violée par cinq garçons dont elle s'était moquée, trouvant leur coiffure trop gominée, leur blue-jean trop large, genre de détails qu'elle jugeait plus importants que sa vie. Revint dans le rêve de Guillaume — à qui Bella avait demandé de la raccompagner, de monter chez elle pour voir si l'un d'eux ne s'était pas caché dans l'escalier en son absence, persuadée qu'il l'achèverait là — le coup de téléphone de Gi qui tenait à commenter une soirée. « Quoi ? Guillaume prépare une exposition de photos ? Quoi ? Être célèbre pour des clichés ! Pour ce que fabrique une machine ? À ce tarif, pourquoi ne pas exposer les comptes que crache la caisse de l'épicier ? Il n'y a pas plus d'artiste dans le doigt qui appuie sur le déclencheur que dans celui de l'employé de Félix Potin qui tape votre addition ! » La voix de Gi résonnait dans la chambre obscure de Bella qui n'avait pas eu le temps d'allumer, s'étant précipitée sur l'appareil. Le haut-parleur du téléphone clamait : « C'est Guillaume qui a volé le carnet. Steinway en est certain, il l'a vu le prendre. Comment un ami a-t-il pu se conduire ainsi ? On invite trop Guillaume et Marie, ils coûtent une fortune. De quoi vit-il ? Sans doute de Marie qui, elle, a un job. Un garçon entretenu. Quant à sa mère, drôle de femme ! » Là, le cœur de Guillaume s'était serré. Il avait tenté de saisir l'appareil mais Bella, plus rapide, avait déjà posé son doigt sur la fourche du téléphone, interrompant la voix de Gi.

Magnifique carpe jaune et grise, Suzy d'Orengo susurrait que non seulement il finirait en prison comme bien des secrétaires de Juan, mais il serait comme le beau Carlos Williams, frappé d'impuissance. Ses photos sortiraient blanches de la cuve. « Carlos, musicien nostalgique, cherche une musique différente, mais ce n'est que le silence qui l'attire, disait-on sous les rochers. Quel ennui depuis qu'il n'est plus ni le compagnon de Bella ni celui de Gi. Maintenant qui peut-il faire rêver ? »

144

La baronne Steinway, yeux gonflés, bedaine couverte de strass, agitait ses membranes osseuses, s'applaudissait chaque fois qu'elle entendait son nom : « Méduse, Méduse », sifflé par sa cour de praires. Elle disait à Guillaume : « Va-t'en, c'est moi qui nage là-dedans. » À Marie : « Va-t'en, c'est moi qui ai le plus d'argent, va-t'en ou haïssons ensemble l'étoile de mer toute nue qui se croit belle parce que Juan s'en approche. Serait-ce elle qui, avec sa main bien longue, ses doigts écartés, effilés, a volé le carnet de dessins ? » Elle se retournait, se rétrécissait soudain, violette noire : pourquoi ne nage-t-on plus autour de moi ? Il n'est pas minuit. Où est mon gros mari ? Mon Steinway ! Édouard de Steinway de Vaucourt de Maubrizon des Charettes où êtes-vous, mon mignon, mon tout vieux poisson ? Serait-il occupé avec une truite ?

Guillaume repoussait des mains le bocal, mais y replongeait comme si l'eau lui collait à la peau, comme s'il ne pouvait se détacher du poisson bleu qui reprenait petit à petit les traits de Juan. « Adieu, adieu à vos rires sulfureux, je me suis trompé de chambre. Marie, la fête est finie, la fête est ailleurs. » Brûler leurs peaux de visons, les bombarder d'œufs d'esturgeon pourris, les assommer avec leurs foies gras d'oies malades et leur faire avaler leurs montres en or arrêtées.

À son réveil, le monde des Mendoza s'était dilué. L'eau avait absorbé ses occupants. Il avait beau fouiller sa conscience, nulle trace de leur passage. Il n'y avait plus à la surface de la Terre, sur le drap blanc de Solange, que Marie et lui qui s'aimaient.

Le carnet, retrouvé dans le coffre de l'hôtel où Gi l'avait placé par mégarde, fut le prétexte de cent coups de téléphone pour rire et s'inviter à souper. Gi devisait, évoquant la féerie des poèmes d'Emily Dickinson, la solitude sauvage, s'attaquait à la robe à fleurs que portait Bella l'avant-veille, aux suspicions atroces qui avaient plané à cause du carnet. Juan semblait triste et se taisait. Il regardait les jeunes gens avec nostalgie depuis que Guillaume avait pris une attitude réservée. La brutalité de Guillaume tranchait avec la gentillesse de Juan qui ne l'appelait plus, depuis quelques jours, que : l'ami, notre meilleur ami, notre tendre, tendre ami.

Tous les quatre profitaient de la terrasse suspendue, ouverte pour eux seuls, d'un restaurant des jardins des Champs-Élysées. Juchés au-dessus d'une forêt d'hortensias, ils apercevaient les fontaines qui distribuaient leur bruit d'eau cassé par un vent léger et, plus loin, les nefs translucides du Grand-Palais, nervurées, annelées, tel le corset des guêpes, quand soudain Juan fit une brève allusion à une petite maison de New York qui avait abrité Lindbergh avant son vol et qui l'intéressait. « Vous l'avez achetée ? — Presque. »

Ainsi, ils étaient sur le point de quitter la France, d'où la raideur de Juan. L'émoi de Guillaume l'enchantait. Il contemplait la table enfin muette. Ainsi avait-il gagné sur la grandeur des poètes irlandais, la beauté de Beckett dont Gi leur rebattait les oreilles, la vulgarité de Bella, l'entente des femmes devant les hortensias roses, sur ce dîner.

— Tu attaches donc tant d'importance à moi ? Oublie... Crois-en ma longue expérience : oublie !

— Vous m'avez toujours dit qu'à New York, il vous est impossible de peindre, que ces immeubles trop hauts vous font penser à des cheminées d'usines, que New York n'est bon que pour les crimes. Vous aimez la Seine et le parc Montsouris. Je vous garde ici. Que voulez-vous ? Un toit sur Notre-Dame ? Un jardin près du bois ? Une maison dont les portes-fenêtres ouvrent sur le Champ-de-Mars : vous serez au pied de la tour Eiffel. Juan ! Une nouvelle fiancée !

— Tu crois qu'il a besoin d'une fiancée ? murmura Gi, semblant décidée, elle aussi, à ce départ.

Guillaume lui prit la main, lui parla du bonheur de s'installer, de faire sa maison, de découvrir chez les antiquaires l'objet, le meuble, qui confond les souvenirs, fait naître un univers, invente un royaume.

Savait-il seulement comment doit être orienté

un atelier ? Que Juan ne supporte pas les matelas un peu mous, les chaises trop basses, les réfrigérateurs qui bourdonnent, les lampes de plus de 50 watts, les courants d'air sous les portes et l'odeur de la peinture acrylique qui réveille chez lui un rhume des foins à tout casser — chez elle aussi, d'ailleurs. Pour être sûr de Juan, qu'il ne s'enfuie pas pour toujours, il faudra que Guillaume occupe une chambre, ou au moins un bureau pour les réclamations. Elle l'avertissait : chaque jour, il aura quelque chose contre.

— Contre quoi ?

— Contre tout.

De toutes les façons ils devaient se rendre à New York pour l'exposition de mai. Guillaume insista davantage. Marie tapotait le menu pour lui rappeler le carnet de dessins, sa montre pour le temps qu'ils prenaient, bombait le torse, redressait le menton : ils iraient enfin seuls dans la ville. Enfin, plus de chauffeur pour les rattraper et les ramener vers ces trop longues soirées encombrées de mondains stupides.

Juan n'acceptait de s'installer à Paris qu'à une condition : Guillaume s'occuperait de tout. Gi fut aussitôt d'accord. Mais, à la réflexion, Marie trouva qu'elle avait paru trop vite soulagée pour ne pas avoir décidé de longtemps qu'il en serait ainsi.

La seule maison que Guillaume connaissait au Champ-de-Mars appartenait à Miss Bellair qui n'avait nulle envie de la vendre. Guillaume savait par Marie qu'elle était lasse de se battre avec les banquiers pour ouvrir des succursales à Amsterdam et à Rome. Il fut assez fin pour ne pas avoir l'air de tenir à cette transaction qui devait être signée tout de suite ou jamais.

La semaine suivante, Gi et Miss Bellair s'entendaient : la bijoutière avait dix jours pour déménager quarante ans d'entassement, de cartons remplis de croquis, de factures et d'écrins vides. Guillaume assista au ballet des banquiers porteurs de petites mallettes noires remplies de billets, Juan ayant exigé que l'on réglât, s'il vous plaît, en monnaie sonnante et trébuchante, cette grande maison pour laquelle il s'était enthousiasmé. Ce que l'on paie de cette façon, on s'en souvient ! On donna deux mois à Guillaume pour la transformer en atelier plein de lumière, en vastes salons, en appartements secrets. On parla de piscine, de salles de bal, de torture, d'un poste d'observation sur la plus haute terrasse pour plonger dans la salle de bains des gens d'en face, à cent mètres.

Guillaume, accompagné de l'architecte de Gi, ordonnait les travaux des Mendoza, tandis que l'oncle Anatole, qui avait acheté au dernier étage d'un immeuble de l'esplanade des Invalides un appartement qui donnait sur la Seine, le mobilisait à son tour, au grand dam d'une Mag furieuse de tant de séances décommandées. Il allait d'un chantier à l'autre, heureux de garder tout le monde pour lui mais ne parlait jamais des Mendoza à l'oncle, jamais de l'oncle aux Mendoza, lesquels n'agissaient, ne choisissaient que par analogie, ne pensant curieusement qu'à la réaction, au goût de vieilles familles qu'ils copiaient avec un entêtement fiévreux. Déçu par ce pompeux, Guillaume, embarqué, se soumettait. « Style château », répétait Juan, donnant toujours raison à Gi dès qu'il y avait discussion et qu'elle allait vers la haute époque.

L'oncle Anatole, en passant de ce qu'il est convenu d'appeler les beaux quartiers à la rive gauche, changeait du même coup de ton, comme on parle une autre langue en traversant une frontière. Il se défaisait des chaises coquillages, clin d'œil à une époque qui avait assisté aux beaux jours de son ascension financière, des bronzes discutables d'une Renaissance dont personne n'avait la preuve, sauf quelques marchands contre qui Guillaume le mettait en garde : « Ils vous inventent des provenances, des pedigrees, mais regardez avec vos yeux. N'achetez que ce qui est unique. »

Mag tempêtait, tambourinait sur sa table de l'Alsacienne : Guillaume était introuvable, pourtant on le voyait partout. Aux Puces où il avait raflé douze lustres ; à la vente du restaurant Lafitte où il avait acheté cinq cents assiettes, deux mille bouteilles de vin ; à Drouot, pour quatorze lits de cuivre destinés à une domesticité qu'on se promettait nombreuse, obéissante, super-calée, entraînée, briffée. Obélisques, statues de pierre, de marbre, de plomb, théâtre en contreplaqué peint en gris comme à Saint-Cloud, tentures, camions, défilaient. Rien n'était trop beau, rien n'était assez majestueux. Quand Gi donnait un ordre, Juan passait derrière l'abeille pour changer les couleurs. C'était lui le Maître.

Anatole s'offrit un train électrique en or que Guillaume disposa en souriant sur la table de la salle à manger. Dans des wagons de cristal, voyageaient sel, poivre, moutarde, safran, mais l'oncle n'inviterait personne. Avec le bon sens auquel il devait sa fortune, il avait déclaré : « Si je fais venir ici mes amis d'autrefois, ils penseront que j'ai fait tout ça pour les épater et me traiteront de m'as-tu-vu, ce qui, entre nous, est la vérité. Alors, inviter des gens qui vont se moquer de moi ? Restent ceux qui ont ce genre de fortune, que je ne connais pas mais qui viendront : pendez jambon ! Avec eux j'aurais des conversations sans racines. Des nouveaux riches qui vont vouloir m'épater, or moi rien ne m'épate. Ne m'épatent que ceux qui ne veulent pas m'épater : les conducteurs de chemins de fer, les pilotes de course. À l'arrêt, ils ne me font plus frémir, alors je vis seul et bien content. »

Il y avait tant à faire que Guillaume et Marie oubliaient le petit bouquet d'anémones qui mourait sur la cheminée du salon. Ils se jetaient tête baissée dans un sommeil qu'ils n'arrivaient plus à rattraper. Parfois Marie retrouvait Guillaume tout groggy sur la chaise de la cuisine, où il n'avait même plus la force de grignoter un morceau de pain. Pendant qu'il courait dans tous les sens, Marie s'occupait de Miss Bellair, noyée dans ses cartons. Elle ne s'y retrouvait pas dans le pêle-mêle de tout ce passé qu'on lui avait flanqué à la figure, cet argent qu'il fallait compter, recompter, placer, gérer. Elle s'accrochait à Marie, comme Juan à Guillaume : l'exposition de New York était trop proche, fallait-il vraiment la faire ? Et s'il abandonnait tout ?

Juan et Gi redoublaient de caprices. Matin et soir ils venaient sur le chantier penser, se contredire, le prenant à partie, à témoin : n'est-ce pas que cette exposition était capitale ? n'est-ce pas qu'il fallait montrer son travail ? qu'un artiste qui n'expose pas n'est pas un artiste ?

Tout en affrontant ces tempêtes, il continuait à improviser chez son oncle, sûr de prévenir ses désirs. Gi l'appelait « le contremaître », puisqu'il avait l'air de ne penser qu'aux lignes téléphoniques oubliées dans les gaines d'électricité, aux tapisseries à accrocher, aux déménageurs ou à la fenêtre que réclamait Juan, au lieu d'être là le soir avec elle pour réfléchir à son triste sort et la féliciter d'avoir pris tant d'intérêt à l'affaire de Miss Bellair qui, sans aucun doute, devait tout à Marie.

Déboulant dans le bureau de Mag, Guillaume

la supplia d'intervenir auprès du préfet qui obtiendrait des Monuments historiques une autorisation pour que Mendoza ait sa fenêtre. Qu'elle y aille tout de suite ! Il ne pouvait pas l'accompagner : il avait à faire tant de choses. Vite, vite, et qu'elle ne lui tienne pas rigueur de sa disparition, il lui expliquerait plus tard. Qu'elle ne lui en veuille pas, il lui rapporterait les plus beaux clichés du monde. Il la poussa dans un taxi. Non, il n'était pas drogué, elle pouvait regarder ses pupilles, mais vite, il était pressé.

Juan jubilait devant sa maison, mais Guillaume n'avait pas le temps de le contempler satisfait. Il devait monter sur le toit qui prenait l'eau, ensuite filer à la cave, un sol s'était effondré sous les coffres que Gi avait exigés, l'homme de l'alarme l'attendait. Marie dans un coin du jardin soupirait : elle devait lui parler de quelque chose de très urgent. Il lui demandait de l'excuser, plus tard, plus tard, pour l'instant il ne pouvait pas l'entendre, pas plus qu'il ne pouvait entendre Solange qui venait de rentrer de voyage, pleine de décisions et d'entrain.

Guillaume livra à l'heure dite. « Tu crois qu'ils vont aimer ? » demanda-t-il à Marie qui préférait la première idée de Guillaume, un atelier vide, des murs blancs, le plancher avec les chevalets debout et des bâches autour. Elle le prit dans ses bras, après avoir marqué un certain recul pour contempler l'inquiétude, le rassura. Ils allaient aimer, ils adoraient déjà ! Au pied de l'escalier, Juan tapait dans ses mains. Gi s'était assise. L'entrée était une perfection, un chef-d'œuvre. Juan délirait. Il n'avait jamais vu mieux chez personne. Quant à Gi, elle courait de Juan à Marie, de Marie à Guillaume pour montrer le noir d'un compotier et le jaune citron d'une reliure.

L'atmosphère des petits soupers à quatre se recréa d'elle-même. Toutes les heures on allait admirer la tour Eiffel. Gi énumérait avec une satisfaction visible le nombre d'appels d'amis qui mouraient d'envie d'être invités. Ils recevaient chaque jour tant de fleurs, de télégrammes, de mots d'encouragements, de félicitations, pour ce qu'ils avaient fait. Juan était peu surpris de l'engouement du groupe pour sa maison tant Gi en avait fait l'éloge et l'historique, nul n'ignorant l'achat du moindre objet. Ce n'était donc pas la peine de les inviter. Il changerait peut-être d'avis, mais pas sûr, clamait-il, sachant que Gi n'attendait que cette permission. Ouvrira ses portes ? N'ouvrira pas ? Invitera ? N'invitera pas ? Juan ne laissait filtrer aucun indice quant à sa décision. Tout dépendait de tant de choses : son travail, ses nerfs, la Lune. Il céda : une fois, et puis plus rien ! Pendant dix ans. Même beaucoup plus. Fermé pour l'éternité. Après on ferait un musée, Guillaume s'en occuperait.

Comme il devait honorer la promesse faite à Mag de vingt reportages échangés contre l'intervention auprès du préfet, et que Marie se devait à

Bellair qui « restructurait son staff », Bella Becker se chargea de la pendaison de crémaillère.

La fête était gaie, Gi jouait dans les brumes de ses voiles les squelettes fantomatiques, entraînée dans des valses que personne ne comprenait puisqu'elle tournait autour de vous, passait à un autre, murmurant un compliment, revenant pour rire avec un Juan coquin qu'elle semblait vouloir séduire mais qu'elle surveillait. Marie ne quittait pas Guillaume. Un gnome brandissait un magnétophone qui enregistrait dans le brouhaha : mots doux pour lui seul, profession de foi, discours poétiques, politiques, hystériques, éthyliques, messages bibliques, injures, je t'aime encore, pirouettes, jets de serpentins, manières d'harmonica. Il prétendit interviewer Juan. Semblant pris par la main de l'étrangleur, le peintre donna un violent coup sur l'appareil, recula, renversa un guéridon et partit au milieu des danseurs, suivi d'un Guillaume qui s'excusait auprès de ceux qu'il bousculait dans cette course vers l'escalier pour rattraper Juan.

— Qui sont ces gens ? Je ne veux pas les voir. Je n'ai rien à leur dire. Que tout le monde sorte !

Il piétinait, hurlait. Dès que Guillaume approchait, ses cris reprenaient de plus belle. Il bavait. Il n'irait pas en Amérique. Gi voulait l'emmener là-bas parce qu'elle savait qu'il s'y ferait tuer. Comment Guillaume pouvait-il écouter pendant des heures cette prétentieuse, gardienne de prison. Sale femme ! Dans tous les sens du terme. Guillaume n'avait pas remarqué qu'elle ne se lavait jamais ? « En plus, elle pue, elle pue, elle pue. »

Il hurlait, poings serrés. Chaque fois qu'il avait rencontré une princesse, oh, pas une bien grande, une pour pas longtemps, et Gi le savait, elle s'était interposée. Alors qu'ils s'étaient mariés sous le régime de la communauté de corps ! Leur seul vrai bon contrat : chacun où il veut, comme il peut. Moi jamais ! Il n'avait pas droit aux orchidées délicates, aux exquises colombes. Cette pourriture immonde ouvrait ses lettres tandis qu'avec ses airs de sainte-nitouche elle se payait des garçons magnifiques avec des queues énormes.

— Marie elle est jolie, mais tu verras dans trente ans...

Que Guillaume le laisse ! Qu'il s'en aille ! Il n'allait pas faire de bêtises.

C'était dit sur un ton si perdu que Guillaume, planté devant lui, au lieu d'obéir le prit dans ses bras.

— Chaque fois, et cela depuis le début, du jour de notre première rencontre, elle m'a empêché de m'exprimer. De peindre ? Non, ça rapporte. Et les sous, elle aime ça ! Veuve abusive, pressée, trop pressée, mais qui aura la peau de l'autre ? Ce sera peut-être moi. Tu m'aideras ?

Guillaume fit un drôle de signe de tête qui ne voulait dire ni oui ni non.

— Tu la chasseras de partout ?

Il hocha la tête.

À l'étage en dessous on dansait la bamba. Les braillements de la musique ne faisaient que confirmer son dégoût. Juan se retourna contre le mur.

— Et si je partais avec Marie et toi. Vous deux. Huit jours. Pas plus. Être heureux huit jours. Un petit huit jours. Une toute petite semaine, c'est trop vous demander ?

Mains tremblantes, Mendoza promettait de ne pas peser.

Guillaume plaida pour Gi.

— Tu ne pourras pas nous réconcilier.

Piqué au vif, Guillaume demanda pourquoi il était resté vingt ans.

Il ne comprenait décidément rien. Il l'aimait quand même. Plusieurs fois il avait voulu la quitter.

— Si tu savais, quand je l'ai vue triste...

Juan s'adossa, appuya sa tête sur sa main, bascula sur son lit et s'endormit en chien de fusil.

Guillaume, sonné par les aveux de Juan, reconnut dans le couloir le parfum de tubéreuse de Gi. Qu'avait-elle entendu ? De l'escalier surplombant le salon, il la vit reprendre sa place, s'allongeant mollement par terre au milieu de créatures de Beardsley et de quelques Marilyn Monroe teintées de Greta Garbo. Sous un chapeau pointu en carton argenté elle soufflait dans un serpentin qui se déroulait. Mutine, elle le regardait par en dessous, faussement coupable, puis s'amusait à soulever du pied le derrière d'un jeune homme qui roulait pour les autres, installés en cercle comme autour d'un feu de camp, une cigarette qui ne demandait pas tant de graines. Chacun se repassait un mégot que Gi fuma avec le sérieux d'un juge de paix.

— Au lieu d'écouter ses bêtises, tu aurais mieux fait de rester avec nous, dit-elle en se relevant.

Elle se balança d'une hanche sur l'autre, au rythme de la musique, entraîna Guillaume : Juan la haïssait ? Tant mieux ! Il voulait qu'ils se séparent ? Tout de suite ! Puisque Guillaume était maintenant son seul interlocuteur, qu'il aille lui annoncer qu'elle était d'accord. Il n'a jamais eu, pour personne, la moindre indulgence. Si tu savais ce qu'il dit de toi ! Comment peut-il parler de moi de la sorte ? Et toi, comment peux-tu écouter ? Elle était outrée. Je l'ai épousé pour son argent ? Mais il n'en avait pas ! En plus, j'en ai dix, cent fois plus que lui ! Guillaume voulut plaisanter. Elle insultait Juan si violemment, dans un murmure, dents serrées, que l'on croyait qu'elle s'adressait à lui. Elle voulait aller crever les yeux de Juan dans son sommeil.

Posément, Guillaume lui expliqua que son mari ne pensait pas ce qu'il disait. Il avait sûrement tout oublié à l'heure qu'il était.

— Vous savez comme il réagit quand il est en

colère, pris de panique, il dit n'importe quoi, c'est un artiste.

— Que sais-tu, toi, petit photographe, des artistes ?

Dans les bras de Marie, Guillaume ne pouvait se calmer. Ils s'étaient aimés sur le canapé à la violette de Solange, mais il n'arrivait pas à s'apaiser. Pouvait-on imaginer femme plus grossière, pouvait-on laisser Mendoza, si fragile, si déséquilibré, avec elle ? Il avait fallu qu'ils s'aiment très fort à un moment pour se haïr à ce point. À moins qu'ils ne se soient jamais rencontrés, et qu'ils aient joué à l'amour ?

— Jure-moi que nous n'en arriverons pas là, que nous nous parlerons avant.

— Ne t'inquiète pas. Nous ne nous quitterons jamais. Ce que tu dis, je le pense, ce que je fais, tu l'aimes.

Il lui couvrit la bouche de baisers.

— Il est certain qu'ils ne sont pas heureux. Pauvres gens ! laissa tomber Marie qui voulait conclure.

Le lendemain, Juan et Gi étaient au comble de la joie. Le téléphone n'avait pas arrêté de sonner : personne n'avait été à plus jolie fête. Un buffet ! Des fleurs ! La maison, surtout. Le château de la Belle au Bois Dormant, avait dit cette idiote de Steinway. Ils avaient même remarqué — ce qu'ils savaient tous les quatre — que la tour Eiffel, de chez eux, prenait un relief, une envolée comme de nulle part ailleurs. Si Juan le voulait, il pourrait vivre comme un nabab rien qu'en faisant payer ceux qui voudraient voir de chez lui l'arche de fer emmaillotée dans sa résille d'acier jusqu'à sa flèche.

Guillaume et Marie passèrent huit jours sans revoir les Mendoza malgré leurs appels incessants. Mag les invita chez elle où, près d'un mari cultivé, brillant causeur, ils découvrirent des éditions rares, entendirent parler d'Apollinaire, des parties d'échecs de Marcel Duchamp, de l'aventure des Ballets russes. Ils furent invités à revenir mais ils sentirent qu'ils dérangeraient. Alors qu'il partait, Mag glissa à l'oreille de Guillaume : « C'est comme ça que tu dois faire : personne le soir. Vous deux. Courir aux mille diables avec ton appareil, oui, mais pas avec ton cœur. » Elle avait une maison en Normandie. Qu'ils en profitent pour marcher dans les bois, oublier ce manège, ces excités. Ils laissèrent un mot à Solange, et s'y réfugièrent aussitôt.

Pendant leur absence, la place des Ternes se dé-composait : Solange retirait du salon fauteuils, ca-napés, décrochait rideaux, tentures, retirait les tapis.

Méconnaissable, traits tirés, chignon ébouriffé, œil glacé, elle l'attendait. C'était entre Guillaume et elle que tout devait se régler. Marie s'excusa et disparut. Solange était ivre de colère : qu'avait-il fait pour retenir son père ? pour qu'il ait envie de revenir ? pour qu'il se sente responsable ? Son éternel sourire gentil était un pur poison : il main-tenait les autres à distance, loin, si loin... Son père était un sensible, il fallait l'admirer, lui donner sa chance.

— Oui, Guillaume, Paul était là il y a quelques jours. Il avait, comme d'habitude, sa valise et une brochure qui, cette fois, était un projet de lui, pour lui. Que j'étais contente ! Nous sommes allés dans sa chambre. J'oubliais, moi... Il est entré, a laissé tomber sa valise : « Où sont mes meubles en noyer, mes cravates, ma pendule, le miroir ? » Il ne reconnaissait plus rien dans les guirlandes de Marie et cette peinture violente. Il a repris sa valise, j'ai cru qu'il allait la jeter contre le mur, mais ce n'est pas son genre. Sa main tremblait. « C'est Guillaume, ce massacre ? » C'est tout ce qu'il a dit. Je l'ai regardé s'enfoncer dans la cage d'escalier. Tout ça t'importe peu puisque tu as Marie. Dans le fond, pour toi, il n'a jamais compté. Et moi non plus.

Il esquissa un haussement d'épaules. Elle lui dit qu'il les méprisait, piétina comme si le virus des crises de Mendoza avait repris ici, et le gifla de toutes ses forces. Il lui rendit sa gifle.

À genoux à côté d'elle, il s'excusa, l'entoura de ses bras. Il était désolé.

— Ne t'en fais pas, quoi que tu fasses je ne t'en voudrai pas. D'ailleurs...

Elle pleurait à chaudes larmes. Guillaume avait retiré les épingles de son chignon, déroulé ses cheveux.

— Laisse-moi reprendre mon souffle... Je dois t'avouer quelque chose de très mal : j'ai vendu l'appartement. Je cherche à te le dire depuis un mois. Je voulais monter sa pièce de théâtre, le retrouver, être sa productrice, pour qu'il ne s'en aille plus errer.

Elle avait signé sans oser lui en parler. Ils n'étaient pas obligés de partir tout de suite. Il la félicita. Elle ne pouvait avoir mieux fait : il était temps qu'elle pense à elle qui lui lança un regard noir. Guillaume savait qu'elle n'arriverait pas à retrouver Paul qui irait de bar en bar, de théâtre en théâtre, d'anciens hôtels où il avait ses habitudes à de nouvelles adresses. Il la consolait. Solange avait honte.

Marie décréta avec humour que ce n'était pas grave de quitter la place des Ternes : de toute manière il aurait fallu en partir un jour, ils n'étaient pas chez eux.

— Et où ce sera chez nous ?

— Pourquoi veux-tu avoir un chez-nous ? Comme dit Gi, moi j'ai chez mes parents, toi tu as le Claridge.

Ils allaient trouver un endroit. Elle ne répondit pas, prit un air malicieux et fit ses valises. Solange aussi, comme les Mendoza, un jour contents de partir pour New York, un autre jour furieux. Guillaume ouvrait les bras mais ne trouvait personne. « Toi tu as le Claridge », le hantait. Il en concluait, oubliant leur passion, que Marie ne voulait plus vivre avec lui. C'étaient ces deux mots qui comptaient : vivre avec. Voulait-elle vivre avec lui, oui ou non ? L'épouser ou non ? À force de lui poser la même question, ses réponses rapprochées, comparées, n'avaient plus de sens. Il les passait en revue, poursuivait son chagrin dans l'écho de ce que sa mémoire déformait, donnant chaque jour plus de corps à sa souffrance. Une fois, elle disait que, puisqu'ils s'aimaient, la question était inutile. Une autre fois, elle ne pouvait pas dire ce que l'avenir réservait. Selon toute vraisem-

blance, elle vivrait avec lui, mais qui sait. Ce « qui
sait » ruinait l'espoir qu'elle venait de lui donner.
La fois suivante, agacée, elle reculait franchement,
ajoutant qu'ils seraient peut-être, l'un comme l'autre, très heureux séparés. Donc c'était fini, elle ne
l'aimait plus malgré ce qu'elle lui chuchotait quand
ils rentraient tard la nuit et qu'ils faisaient l'amour,
mais peut-on espérer qu'à ces moments-là les mots
comptent ? Que s'était-il passé en si peu de temps ?
Ce n'était pas Solange leur lien. Plus il la poussait
dans ce qu'il croyait être ses derniers retranche-
ments, moins elle donnait d'explications. Il devinait
que les choses n'étaient pas si graves, pas encore,
mais l'angoisse, gourmande d'aveux, d'engagements rassurants et de promesses inutiles aggravait
la situation.

— Tu dois t'engager.

— Au nom de quoi ?

Ce « au nom de quoi » torturait Guillaume qui
s'en voulait des scènes impossibles qu'il provoquait et alimentait, regrettant à mesure de profé-
rer menaces, insultes, dépassé par une violence,
un goût de l'inquisition, un sens de la possession
qu'il méprisait. Plus les valises s'accumulaient,
moins Solange retrouvait Paul. Elle était navrée
du vent de folie qui la faisait tout emballer. Son
Guillaume était odieux pour cinq minutes de retard de Marie, alors qu'autrefois il pouvait l'attendre trois heures, du moment qu'elle arrivait.

— Tu vivras encore avec moi dans trente ans ?

« De la distance », disait nonchalamment Marie,

166

reprenant la devise favorite des Mendoza depuis que leur départ pour les États-Unis approchait. Il la tirait par le bras, pourquoi ne voulait-elle jamais l'accompagner pour visiter un appartement ? Il détestait ces gens pour qui elle enfilait des perles — une ravaudeuse ! —, sa servilité devant l'argent, et cette fausse complicité avec Gi. Que faites-vous toute la journée ensemble ? Ne crois pas qu'elle ignore que tu la méprises parce qu'elle ne fait rien que des poèmes idiots, qu'elle n'a pas comme toi un métier. Ce métier toc ! avec des gens toc !

Il était effaré par les serpents qui sortaient de sa bouche. Elle le suppliait d'arrêter. Soudain, les larmes aux yeux, avec une tout autre voix il lui redemandait pourquoi elle ne venait pas visiter des appartements.

Blessée, inflexible, elle l'empêchait de s'excuser, d'effacer par des mots les mots qui ne s'effacent pas. Elle criait pour qu'il arrête, hurlait afin qu'il n'ait aucun espace pour se faufiler.

Guillaume, voyant Marie partir, sentit son corps vaciller, chanceler, s'effondrer. Avec beaucoup de douceur elle le prit dans ses bras, le berça comme un enfant. Il ne fallait pas qu'il prenne ombrage de son amitié avec Gi qui, à chaque seconde, lui expliquait à quel point il lui était précieux.

Un matin heureux, malgré les scènes et la menace de ne pas « vivre avec » — qui subsistait comme sous le papier peint arraché les lézardes apparentes des murs — il choisit pour elle un pantalon et une veste blanche, l'habilla, ouvrit son agenda et lui montra la page de la journée qu'il raya d'un grand trait. Il l'emmenait visiter un appartement dans l'île Saint-Louis. Si ça leur plaisait, ils devaient signer le soir même. Il tenait l'adresse de Mag.

Un grand beau ciel emplissait les longues fenêtres que montrait la vieille Colombienne au lourd accent, insistant sur le parquet, le balcon, la vue, Notre-Dame et le crémier du coin qui vend des poulets magnifiques. Marie acquiesçait. C'était amusant cette île enchâssée dans l'eau comme un saphir dans une bague de cristal de Madame Belperron. Elle se voyait déjà avec ravissement dans cette pièce lumineuse qui la changerait des grappes de raisin peintes chez Solange, dans le lit en loupe d'amboine surveillé aux quatre coins par des sphinx dont lui avait parlé Josyane. Elle alignerait sa collection de flacons de parfum sur sa table de laque rouge foncé devant la fenêtre qui donnait sur l'eau. Guillaume la retrouvait enfin.

Il accompagna les Mendoza jusqu'à l'aéroport où Gi lui joua la scène du départ pour toujours. Elle se plaignit de l'absence de Marie. « Après tout ce qu'elle me doit ! Je n'ai jamais compris ce qui pouvait t'attacher à elle. Juan non plus. Elle n'a pas le moindre intérêt. Je ne la trouve même pas belle ; elle s'en tire par des subterfuges, un vernis dans lequel tu vois le reflet de tes exigences et de tes goûts, mais elle ne donne rien. »

D'une main dévastatrice elle attrapait toutes les revues du kiosque et les empilait sur les bras de Roberto, leur maître d'hôtel, sans qui, disait-elle pour le faire patienter, ils n'auraient pu faire ce voyage. Juan, à la dérobée, accompagnait ses lamentations de mimiques et de borborygmes d'un comique d'autant plus grand qu'ils étaient soulignés par Roberto qui, derrière leur dos, les reprenait. Il lançait par moments un clin d'œil à Guillaume, conscient qu'ils risquaient l'un et l'autre d'être découverts, ce qui ajoutait à la drôlerie de cette moquerie. Comme ils exagéraient, Gi leur demanda d'arrêter.

— Allez, on t'a assez vu. Au revoir Guillaume, va-t'en maintenant.

D'autant que Juan commençait à piétiner. Pourquoi Guillaume ne venait-il pas avec eux ? Pourquoi le lui avait-elle refusé ?

— Il ne me l'a pas demandé.

— Nous connaissons tous les marchands de New York, capitale de la photo. Nous aurions pu t'aider. Elle est si méchante, eut-il le temps de murmurer, en appuyant d'une façon enfantine sur « méchante ».

— Ce sera un enfer de voyage, et le retour sera pire, prédit Roberto dont les sourcils se rejoignirent. Parce que vous ne savez pas tout ! Enfin... condoléances, dit-il à lui-même, mimant une révérence qu'il fit en tirant sur les poches de son pantalon.

La première journée sans eux ne fut pas un jour de deuil. Ni la semaine qui suivit. Ils étaient enfin tranquilles. Guillaume retrouvait Marie, plus belle encore. Il avait fait les premiers pas qu'elle attendait, sinon pourquoi ces petits papiers qu'elle lui glissait entre les doigts chaque fois qu'ils se quittaient : « Guillaume, mon ange, tu es l'homme que j'aime. Sois patient et ne le sois pas. Je suis à toi. »

Elle abandonna définitivement le cimetière d'Eylau pour recommencer à l'aimer et arriva île Saint-Louis accompagnée d'une douzaine de malles-cabines qu'une cliente brésilienne de Bellair lui avait léguées avant un remariage avec un homme qui ne tolérait pas la moindre trace de son passé. Guillaume ouvrit les valises, les empila, les juxtaposa en arc de cercle pour enfermer sa belle au milieu de ses trésors, dans cette muraille d'étagères improvisée comme le cœur d'une rose au fond de ses pétales.

Qu'avait-il bien pu se passer pour qu'ils soient ainsi sans la moindre nouvelle de Juan depuis trois semaines ? Si Marie leur avait redit qu'à cause de sa fascination pour eux il perdait trop de temps, ne pensait pas assez à sa carrière, ne pouvait pas travailler alors que, grâce à Mag, il commençait à se faire des relations dans la publicité, il était certain qu'ils avaient eu raison de se fâcher. Peut-être aurait-il dû leur demander de les accompagner aux États-Unis, ne fût-ce que quelques jours. Il n'avait de nouvelles de l'exposition qu'à travers les journaux américains qu'il achetait aux Champs-Élysées : c'était la gloire. Ils l'avaient oublié.

Le premier coup de fil arriva en même temps que le *Time* à Paris, Juan en couverture. Il regrettait que les photos ne soient pas de Guillaume. Ils auraient dû y penser. Gi avait engagé un chauffeur, Dimitri, qu'elle ne quittait pas, et tant mieux.

— Tu la connais, quand elle est là je ne peux

jamais parler, et ça devient de pire en pire. On dirait que c'est elle le peintre. « La Voix de son Maître. » Avec les airs pompeux qu'elle se donne et son passé noble c'est plutôt Madame Vigée-Lebrun. Le brun lui va si bien avec le teint qu'elle a en ce moment. Elle a une mine ! Je ne sais pas ce qu'elle fait, elle sort tout le temps, parcourt New York. Si tu étais là je pourrais travailler avec toi. Pourquoi n'écrirais-tu pas ma vie ? Tu le ferais comme personne. Tu ne peux imaginer la laideur de Gi en ce moment, ça me rend malade.

Guillaume le voyait, les mains en œillères, guettant avec joie la vieillesse en train de grignoter petit à petit le visage de sa femme.

Juan appelait cinq fois par nuit, prétendant avoir besoin de lui pour se remettre de cette vie d'affaires. Ces coups de téléphone faisaient l'effet d'une drogue. Selon qu'il attaquait son « Allô » de façon douce ou plaintive, amicale ou militaire, Guillaume prenait un ton en harmonie ou, au contraire, tranchant avec le diapason choisi, pour donner le ressort indispensable à l'échange. Le nerf de la conversation était moins le contenu que le rythme, la surprise ou l'absurde qui entraînaient les mots. Une fois le silence brisé par une onomatopée ou un soupir bien à eux, ils marquaient un temps aussi fort que celui qu'observent les chanteurs d'opéra avant leur air.

— Je voudrais peindre sur les corps des joueurs de football. Ce sont des montagnes... J'interpréterais sur eux ma version des *Baigneuses* de Cézanne.

Pas huit footballeurs, l'équipe au complet, y compris le quarter back, et même le camp adverse. C'est plus imbriqué. Ces corps ne sont que jeux de lignes sur d'autres corps.

Que Guillaume lui jure de ne pas prononcer le nom de Cézanne, Gi prendrait ombrage qu'il lui ait parlé de tout ça. Juan goûtait le silence respectueux de Guillaume et de pouvoir, à travers mille sujets, l'informer du tour que prenait son inspiration face aux géants dont il ne conserverait, finalement, que l'armure. Il était ravi de sentir que, de l'autre côté de l'Atlantique, quelqu'un, son ami, riait avec lui des oh ! et des ah ! des Bella Becker et autres Steinway qui les avaient rejoints, des coups de coude de Gi pour se trouver face aux photographes ; il était ravi que Guillaume soit triste d'entendre que toute cette danse autour de lui prenait tout son temps, gâchait son énergie et ne comblait pas des moments précieux volés à son art, à la réflexion.

Pour être de nouveau tranquille, Marie débrancha le téléphone deux jours entiers sans savoir qu'elle mettait l'esprit de Guillaume à rude épreuve. C'était vrai qu'elle ne pouvait plus lui parler, qu'étaient restées en suspens bien des décisions, les paquets des Ternes n'avaient pas été défaits, où partir en vacances ? comment retrouver Solange à qui ils avaient réservé une chambre ici ?

— Monsieur Mendoza pourrait-il joindre Monsieur Delastre à six heures précises ?

L'arrivée d'un chasseur du Ritz, télégraphiste particulier en livrée bleue et galons d'or, fit sourire Guillaume mais contraria Marie. Ils avaient promis à Miss Bellair de dîner avec une de ses clientes. Entre-temps, il devait absolument aller chez Anatole qui, enfin, avait accepté de poser pour lui.

Assis devant le téléphone, Guillaume attendait l'appel de Mendoza. À mesure que le temps passait, en lui se décolorait le souvenir du rire de la veille. Ridicule d'avoir brûlé tant d'heures à chercher des répliques, tant d'efforts pour ajuster le ton pour accompagner une fausse solitude où n'importe quel marchand rusé, un modèle bizarre, Gi de bonne humeur, un curieux faisaient aussi bien l'affaire. À huit heures exactement, il l'appellerait : c'était la limite qu'il s'était fixée pour lui dire : adieu, nous ne sommes plus amis. Voilà. Il joua de ses mains comme de cymbales. C'était fini. Ce fut avec délectation qu'il s'empara du combiné pour annoncer la nouvelle : Adieu !

Roberto était content d'entendre Guillaume depuis Paris, mais Monsieur avait disparu. « Comme vous savez, Monsieur ne va pas bien du tout. Quatre-vingt mille visiteurs par semaine, plus que Dürer, que Venise. Où est-il maintenant ? Monsieur sort et Monsieur va n'importe où. Monsieur divague. Il faut dire qu'on le met dans un état... On le tue à force de médicaments. Il vit cloîtré dans des peurs comme je n'en voudrais pour rien au monde. Avec vous, il rigole, mais une fois qu'il a raccroché, il se tape la tête aux murs, il casse tout ici. Elle dit qu'il est fou, parle son américain. Elle parle devant lui, pour lui, et il ne comprend rien. D'autant qu'à ces moments-là elle nasille. Comme dit Monsieur : c'est une vieille radio d'avant la guerre de 14. Elle parle la langue, c'est bien là le drame. Le reste du temps elle signe des contrats, des chèques, tout. Monsieur est faible, très très faible. Que voulez-vous ? Elle est Madame Mendoza. Que voulez-vous ? Elle fait des histoires, des scandales. Chacun parle de la mort de l'autre à longueur de journée. C'est d'un gai. »

Marie, sortie une seconde, rentra à ce moment. Encore au téléphone avec New York ? Mais qu'il y aille ! Elle partirait en vacances avec quelqu'un d'autre. Guillaume lui fit signe. Ce n'était pas le moment, les choses étaient graves : Mendoza devenait fou.

— Il l'a toujours été !

Elle s'allongea sur le tapis à ses pieds, ouvrit une petite mallette carrée de moleskine noire qu'elle posa devant elle. Voulait-il boire quelque chose ? Il implorait une rémission, qu'elle le laisse encore quelques minutes. Deux secondes. Il demandait deux secondes. D'un de ces mouvements de la tête qu'il aimait tant, elle fit basculer ses cheveux devant son visage et les laissa ainsi, écran entre elle et lui. De sa main elle arrangea le rideau, lui attrapa le pied, lui enleva sa chaussure, sa

175

chaussette, lui lécha le pouce. Il se fâcha. Pour
faire oublier sa faute, elle lui fit les mille grimaces
qui, d'habitude, le faisaient rire, lui montra
l'heure. Et Anatole ? Elle sortit de sa trousse une
petite houppette ronde qu'elle se passa sur le visage. « Alors ? Comment va Juan ? A-t-il bien fait
son petit popot ? Parce que c'est important...
Pourquoi "moins fort" ? Il ne serait pas du tout
fâché s'il savait qu'elle demandait des nouvelles
de son intestin. Il leur en avait suffisamment
parlé. Ne savaient-ils pas exactement à quelle
heure allait l'un, l'autre ? On était intimes ou
quoi ? »

Elle se versa un verre de vin, en tendit un à
Guillaume qui lui tourna le dos.

Ils se réconcilièrent dès qu'il raccrocha. Il ferait
le portrait d'Anatole en septembre. Guillaume regrettait de n'avoir pu parler à Mendoza. « Comme
c'est dommage ! Ne plaisante pas. Juan a chargé
Roberto de nous inviter à passer les vacances chez
lui, à Ibiza. »

L'Italie, Compiègne, Athènes, et même le Péri-
gord, seraient noirs de touristes. Dans leur
piscine, sur la plage, dans leur jardin, ils seraient
tout seuls. Marie pouvait être contente, il avait décidé qu'il n'accepterait qu'un appel par jour, et
encore !

Guillaume effleurait-il du pied l'eau de la piscine dans laquelle Marie nageait, Monsieur Mendoza le demandait au téléphone. Guillaume et Marie se promenaient-ils en voiture dans la campagne, Guillaume prenait-il des photos de Marie jouant avec les plantes sauvages, courait-il se planter à côté d'elle, sérieux soudain quand le déclic automatique précédé du petit zézaiement de mouche bourdonnante se déclenchait, riaient-ils, corps bouillants offerts à la pluie distillée par des arrosoirs montés sur des tourniquets très hauts que Tinguely aurait pu dessiner, Marie tournait-elle bras en croix, sous les jets d'eau, que faisait irruption le gardien de la maison : il les avait cherchés partout, il fallait tout de suite rappeler Monsieur. Important ! Ils restaient un instant immobiles, figés, mais déjà le gardien repliait les pieds de l'appareil, ramassait couvertures, panier, sac rempli de bobines. Monsieur lui avait ordonné de réquisitionner une voiture avec un haut-parleur, de se faire aider par la police s'il le fallait. Heureusement, il les avait repérés.

Juan était furieux : Gi le trompait avec Dimitri. Bella s'était mêlée de la liaison, pour essayer ensuite, dans le dos de Gi, de s'en emparer. Il y avait ceux du clan de Dimitri, ceux du clan de Bella. Qu'en pensait-il ? Était-ce de l'amour ? Il était peut-être jaloux.

Ces quelques mots, cet aveu si bref au milieu de ce fatras d'énervements, de contradictions, de vantardises et même de méchancetés, l'absolvaient pour longtemps. Il restait seul, immensément seul.

Guillaume raconta à Marie les séances dans l'atelier, sa modestie devant la toile, son œil interrogateur et précis, la volupté et les surprises qui se dégageaient de son trait. Tout ce qu'avec un coup de pinceau il pouvait montrer, cacher, découvrir.

Le gardien fit irruption : Madame ! Elle voulait refaire Ibiza. Elle entendait par « refaire », redécorer. Elle commençait par la piscine, c'était pour Juan. Gi leur envoyait une décoratrice intelligente, ses plans étaient précis, qu'ils surveillent tout ça. Il s'agissait simplement d'ordonnancer de très hauts miroirs déformants autour de la piscine. Elle comptait sur lui pour transmettre ses ordres, guider, rassurer. Pouvait-il passer le doigt sur le rebord de chaque miroir, en faire le tour, afin de signaler manque, éclat, rugosité. De toute façon la décoratrice l'aiderait.

Sur la plage, étendus l'un à côté de l'autre sur le sable chauffé à blanc par le soleil, Guillaume et Marie dormaient. Là-haut, ils avaient débranché le téléphone. Bras le long du corps, vidés de toute sensation, comme inertes, ils espéraient que cette fois la décoratrice ne redescendrait pas. Elle avait dit je vais en ville. Ils avaient enfin un peu de répit. Avant qu'elle ne parte, elle n'avait pu s'empêcher de faire le même et éternel discours : la mer était belle, violette et argent, oui. Quel privilège cette maison cachée, unique, oui. Quelle chance ces Mendoza, oui ! Oui, vus de haut, ils avaient l'air de deux feuilles sèches prêtes à s'envoler Beau, il faisait beau, oui. Enfin elle était partie. La veille, ils lui avaient demandé cette matinée, une matinée sans personne, Madame, s'il vous plaît, une matinée sans vous.

Elle était arrivée avec camions, miroirs et transporteurs. Ils avaient pensé que ses psalmodies épuisantes passeraient au soleil, qu'elles s'useraient grâce aux coups de téléphone incessants de Gi qui rectifiait depuis New York les différentes inclinaisons de son paravent aux alouettes à l'aide de cartes à jouer tordues dans tous les sens, disposées sur un plateau devant elle. En deux jours, les miroirs auraient dû être posés.

Montée sur des cothurnes noir et blanc, la décoratrice faisait le tour de chacun d'eux, descendait trois marches, remontait, redescendait, venait à la plage mais ne s'asseyait pas facilement. Gros sac en cuir balayant ses chevilles, long balancier de pendule normande, elle tournait, tête en l'air, cherchant dans ce ciel sans souffle une confirmation aux ordres de Gi. Avait-elle bien entendu ? Elle s'agenouillait près d'eux, balbutiait trois pensées et, pour les développer, consentait à déplier ses trop longues jambes qu'elle étendait comme du fil à linge dans deux directions différentes. Il fallait, si elle avait bien compris, donner avec l'eau du bassin l'impression d'un lac infini.

Ce temps ! Ce temps ! entendaient-ils chaque jour. Elle levait la tête, observait une longue seconde de silence, le regard loin et « ce temps, ce temps » revenait, incantation puissante comme parvenant du fond des âges. « Ce ciel, ce ciel, qu'ont-ils fait au Ciel pour un ciel pareil ? »

Guillaume et Marie avaient aménagé leur balcon devant le chantier comme une loge à l'Opéra : buffet dans l'angle, serviettes de chaque côté en guise de rideau qu'on tirait pour se cacher, s'embrasser et rire. Marie avait acheté du champagne qu'ils sablaient dès qu'on plaçait un miroir, et la seconde d'après quand il fallait le reprendre ou qu'il était brisé. Le téléphone sonnait, ils trinquaient. Gi raccrochait, ils reprenaient leur verre. Deux ouvriers se heurtaient, on criait « Champagne ! » Gi s'était trompée, elle n'avait pas regardé ses cartes dans le bon sens, « Champagne ! » Aux entractes, c'est-à-dire aux heures des repas — celles de New York —, ils descendaient, un peu ivres, nager entre les murs de glaces. « Re-

180

gardez, Madame, on ne voit rien ! Gi ne sera pas contente ! »

La décoratrice détestait ce couple. Elle leur avait souri sans limite, et à quoi avait-elle eu droit ? À de la moquerie, de la malhonnêteté. Cette façon de la fuir avait quelque chose de méprisant. Et ce Guillaume qui commande comme s'il était chez lui. À quel degré d'intimité en sont-ils arrivés avec Juan et Gi pour être si indépendants, pour se servir ainsi à boire, et laisser des ronds sur les tables comme s'ils étaient chez eux ! Ils font les menus, entrent dans l'atelier. Là-bas, à New York, sont-ils au courant de cette indiscrétion ? Prudente, et à cause du temps que passait Guillaume au téléphone avec Gi, elle se taisait, s'adonnant au drôle de mouvement de sa mèche asymétrique blond décoloré qui pendait d'un curieux turban noir et rose, gouvernail semblant commander ses courbettes en arrière, ses volte-face et ses miroirs à tailler, remplacer, déplacer.

Guillaume ne pouvait plus joindre Juan. Chaque fois qu'il appelait, il tombait sur Gi qui lui expliquait que maintenant Juan se plaignait de leur présence à Ibiza. Il valait mieux ne pas lui parler : il était trop fâché. Guillaume et Marie proposèrent de partir tout de suite. Gi se cabra : on ne pouvait rien leur dire. Elle n'allait pas jeter ses portraits et son alliance dans l'Hudson sous prétexte qu'il prétendait vouloir divorcer. Ce n'était que la centième fois. Pour après se précipiter dans ses bras. Guillaume ne lui avait-il pas longuement

181

expliqué que les artistes, les coléreux ont le droit de tout dire. Cela ne compte pas. Eh bien qu'il en fasse autant : Qu'il oublie ! Qu'ils restent ! Qu'ils profitent de leurs vacances. Pas de désillusions ! Elle ne rapportait ses propos que pour lui montrer comment était son peintre favori, son grand ami, le grand Maestro. En même temps, si Guillaume et Marie repartaient, il serait désespéré.

Roberto, devenu sibyllin, semblait avoir reçu des ordres : « Monsieur se repose », « Monsieur est sorti », « Monsieur se coiffe. » Là, Guillaume fit sa valise. Direction Florence, Sienne, Rome. C'était leur dernier dîner. Les verres bleus, la nappe bleue, les bougies bleues, l'ardoise bleue du sol bleu, au diable !

Le gardien fit irruption : Madame au téléphone. Elle était en larmes : elle trouvait sa relation avec Dimitri par trop dégradante, mais c'était si dur de voir Juan ne s'intéresser qu'à de très jeunes femmes, passer à côté d'elle sans la voir. Elle n'avait jamais tant souffert. Guillaume ne pouvait pas l'abandonner face à l'échec de toute une vie. « Avez-vous trouvé oui ou non dans la maison aux rouges-gorges les chaussures de Juan ? Restez, je vous en prie. Ne nous fâchons pas ! »

À peine arrivés île Saint-Louis, ils découvrirent, dans l'entrée ronde, la grande glace en miettes. Le bois doré avec ses volutes, ses palmes tressées, n'encadrait que quelques éclats. Ils ramassèrent, en pleurant de rire, chaque morceau : un pour Mendoza, un pour Tati Gi, un pour la décoratrice. Le téléphone sonnait, mais ils connaissaient. Ils posèrent un coussin dessus. Guillaume était content d'avoir pris la fuite, malgré sa promesse de rester à Ibiza, et malgré les protestations de Marie qui ne voulait pas se brouiller avec les Mendoza. Dix jours encore de vacances, de bonheur. Il était sûr qu'après cet affront, ni Juan ni Gi ne lui pardonneraient, ils avaient la vie devant eux.

Ils flânaient sur les quais, s'évadaient par leur portail entouré de chimères, transformant chaque rue en décor de film abandonné. Ils plongeaient dans l'ombre, inventaient le long des rues, sous la lumière décolorée des réverbères, le dialogue des héros qu'ils avaient perdus. Les voitures, scarabées en procession, clignaient de l'œil, dressaient leur

antenne, bombaient le dos, carapaces luisantes.
Ils suivaient leur colonie jusqu'à Notre-Dame,
n'avaient qu'un rite, l'hommage à la cathédrale,
Reine absolue, assise sur son séant de douairière qui
brandit tel un glaive son parapluie fermé. Nous
nous marierons dans tes entrailles. Ils transfor-
maient les ponts en passerelles, en échelles, en
Rialto. Ce n'était plus la Seine qu'ils enjambaient,
mais le Tage, le Danube, la Tamise, le Gange. Les
langues étrangères qu'ils inventaient s'émaillaient
du parler d'Arletty et de Jean Gabin. Chaque jour
ils choisissaient une autre affiche, un autre pays, un
autre couple. Ils s'abreuvaient de serments d'amour
de plus en plus éternels.

De Cannes, Solange leur avait écrit « Bons baisers » au dos d'une carte postale, une reproduc-
tion de *La Mer aux pêcheurs,* tableau de Juan
qu'autrefois elle disait beaucoup aimer. Les Pari-
siens rentraient. Guillaume et Marie réajustaient
leurs horaires.

Un soir, ils apprirent par la concierge qu'une
femme très émue était venue les demander. « Grande, la tête sous une grande capuche, elle parlait par
gestes. Elle était affolée, extrêmement pressée, elle
avait l'air d'avoir de gros ennuis. Elle n'a pas laissé
son nom. »

Ils appelèrent Mag : « Des bobines ! En avant ! »

C'était Gi qui les cherchait. Elle avait la voix dé-
chirée, Juan était à l'hôpital dans un état désespéré.

Vêtue d'un tailleur qui, de loin, la faisait passer

pour un capitaine au long cours, elle tirait sur ses gants avec nervosité. Elle recula d'un bond quand Guillaume surgit, l'embrassant avec une tendresse nouvelle. « C'est trop pour moi. Tu ne le reconnaîtras pas. N'aie pas peur. »

Jusqu'à l'hôpital, accrochée au bras de Guillaume, elle ne retint ni sa douleur ni de longues explications sur la maladie de Juan. Entre les injonctions de Gi pour se donner du courage, face à une situation qu'elle avait déjà dépassée — elle se voyait à l'enterrement puis distribuant aux musées les œuvres clés —, Guillaume était glacé par le vide qui se faisait en lui. Il la pressait pour qu'ils ne perdent pas une seconde, courait devant elle. Ce n'est que dans les couloirs encombrés de chariots où gisaient des malades, cherchant la chambre de Juan, qu'il marqua le pas devant une Gi dont il appréciait ouvertement l'autorité. Bien sûr, il fallait une garde permanente et qu'on appelle le professeur Untel, et tel autre. Bien sûr, c'était très bon signe que la température soit tombée. Plus elle vérifiait les rouages de cette immense machine à stopper la mort, plus il l'encourageait, l'accompagnant d'une infirmière à l'autre.

Guillaume serrait les poings, suppliait dans le fond de son cœur que Dieu, s'il existait, aide Juan à surmonter l'épreuve.

— Vous croyez que ce jeune homme peut entrer dans la chambre ?

On ne donna pas de réponse mais ce n'était pas

185

non. Guillaume, soulagé, y vit un signe de résurrection. Il n'osait regarder le lit. Il entendit quelques râles et, soudain, fit face à un homme au visage creusé, amoindri, maigre, reconnut les cheveux noirs et blancs, la courbe du nez, mais la ressemblance avec le Mendoza qu'il avait connu et celui que Gi tentait de réveiller était si lointaine que, dans son émotion, il se surprit à souhaiter s'être trompé de chambre.

Guillaume s'approcha, lui prit la main, tandis que Gi remontait l'oreiller. Il lui caressa les ongles.

— Tu peux lui parler, il va beaucoup mieux.

Ses paupières bleuies s'ouvrirent. Guillaume vit la pupille rouler de gauche à droite et disparaître sur le chemin de ronde. L'infirmière vint faire avaler deux pilules rouges au malade. Au trouble de Guillaume, devant l'extrême pâleur de Mendoza, elle confirma : il avait fait peur à tout le monde mais, depuis deux ou trois jours, c'était nettement mieux. Encore un petit effort, manger surtout. Il avait trop d'idées noires.

— Je t'avais dit qu'en Amérique ils me tueraient. Tu as bien fait de ne pas venir.

Sa voix, bien que faible, avait gardé son charme, ses inflexions suaves.

— On ira ailleurs.

La tête avait basculé, les bras s'étaient défaits.

— Remets-toi bien, cria Gi, le replaçant au centre de l'oreiller. Tu as soif. Une paille !

Les lèvres bleues tremblèrent, aspirèrent quelques gouttes comme elle le commandait. Les plis du

cou, papier de verre hérissé de poils blancs, s'agitè-
rent, pris dans la tempête.

— Bois. Tu as besoin de boire beaucoup.

Elle sortit un peigne de son sac.

— Tu aimes que je te mette les cheveux
comme ça ?

Guillaume suivait le peigne qui allait et venait
sur le front malade, inlassable, coiffant la même
mèche qu'elle rabattait dans un sens puis dans
l'autre. Elle faisait la raie à droite, à gauche, puis
recommençait, s'arrêtait, reculait, regardait la perspective. Elle ne comprenait pas pourquoi ces
cheveux noirs, ces touffes blanches, étaient devenus si gris, si pauvres.

Elle décida qu'il fallait le laisser se reposer.
Juan se mit à sourire.

— Quel est ce beau sourire ? Pour qui est-il ?
C'est la première fois depuis un an que l'on ne se
dispute pas.

Elle se colla à lui, l'entoura de ses bras. Il fallait
sourire comme tout à l'heure, pour elle seule.

— On dit qu'il faut te lever, mais tu vas te reposer. Tu en as fait beaucoup aujourd'hui. Guillaume
viendra tous les jours te voir.

Tandis qu'elle tirait ses draps, elle proposa un
marché à Guillaume : elle lui donnerait tous les
tableaux de Juan s'il le ressuscitait. Il ne répondit
même pas.

— Il te sortira de l'hôpital. Tu dors, mon chéri ? chuchota-t-elle d'une voix si tendre que Guillaume s'effaça.

En refermant la porte, il entendit « Je t'aime » et un affreux râle de Juan qui lui amena les larmes aux yeux.

Une fois passés les préaux et jusqu'à la station de taxis, Gi s'obligea à marcher seule. Plusieurs fois elle s'appuya contre le mur. « Tu vois, je n'ai plus d'équilibre. » Elle incriminait ses bottines, sa jambe cassée, avançait tantôt la tête basse, tantôt la tête trop droite, offrant au vent doux et gris sa douleur qu'elle ne savait pas porter et qui la faisait boiter.

Au Champ-de-Mars, elle s'effondra dans un large fauteuil et pleura, enfant irraisonnée. Guillaume lui prit les mains, les embrassa et, tandis qu'il les retenait dans les siennes, souffla sur son front.

— J'ai peur qu'il souffre, qu'il se rende compte. Il était content de te voir, n'est-ce pas ? Il souriait.

Guillaume, par de petites questions, de brèves exclamations, des soupirs, tâchait de l'aiguiller vers leur passé le plus tendre plutôt que vers l'avenir si redouté. En pure perte. Elle ressassait. Ils s'étaient promis que lorsqu'ils seraient vieux ils se tireraient l'un sur l'autre, au même moment, un coup de pistolet. N'était-ce pas le jour ? Gi bêtifiait : quand on s'aimait comme ils s'aimaient, on ne devient pas vieux : tu le trouves vieux, mon jeune homme ? Que pouvait-elle pour lui ? Elle donnerait tout pour la survie d'un si grand peintre. Elle offrait ses veines à Dieu, ses mains qu'elle tendait comme un condamné à qui on va passer les menottes.

Autour de Gi, clients et marchands se bousculèrent : la cote allait monter après la mort de Juan. Guillaume, interdit, entendait Gi leur susurrer : « Nous aurons besoin de nous revoir » ; et à lui : « Je ne te cache pas que si je dois refaire ma vie, je ne garderai aucun tableau. »

Marie s'occupa de Gi qui ne voulait plus aller souffrir à l'hôpital. Cinq minutes le soir, c'était déjà assez bouleversant. Elle forçait le respect, disait-on autour d'elle, tant elle était légère, enjouée. Femme remarquable.

Quand Juan, rétabli, retrouva le Champ-de-Mars, il fit compter tous ses tableaux devant une Gi horrifiée. Il l'obligea à descendre dans leurs banques, il lui fit ouvrir les portes de leurs coffres-forts. À mesure qu'il retrouvait son œuvre, s'allumaient son agilité, sa vivacité dans l'œil. Les disputes revinrent. Gi reprit Guillaume à témoin :

— Suis-je une femme malhonnête ? À ton avis, je dois accepter ça ? J'ai reçu hier soir sur mon lit une tête khmer qui a failli m'assommer ; pour toi c'est de la gentillesse ? Je tuerais les médecins : il a retrouvé toutes ses forces.

De nouveau ils obligeaient « les amis » à prendre parti pour ensuite, seul à seule, commenter et, le lendemain, leur en vouloir. Guillaume se révolta :

— Je ne peux plus passer mon temps à me demander : qu'ai-je dit ? qu'ai-je fait ? vous a-t-on blessé ? pas blessé ? Se surveiller à chaque instant, parler avec un coton devant la bouche, on n'en peut plus ! On s'en va !

Deux heures plus tard, Juan, seul, gominé, puant le vétiver, radieux, essoufflé, sonnait à leur porte, île Saint-Louis. Il salua Marie avec une déférence démodée comme s'il ne l'avait pas vue tous ces jours-ci, comme si Guillaume n'était pas fâché. Il n'était jamais venu chez eux. Il posa la main sur l'épaule du garçon.

— Tu me fais la tête ? Arrête. À la maison fais-moi toutes les scènes que tu veux, mais pas ici ! Pas quand nous sommes tous les trois.

Il avait échappé à Gi comme il avait échappé à la mort. Il ne les dérangeait pas ? Cela faisait si longtemps qu'il avait envie de leur rendre visite. Il répéta, avec un plaisir de pénitent retombé dans le délice du péché, que Gi ignorait qu'il était là. À peine avait-il fait quelques pas que la fatigue montrée en arrivant s'envola. Marie lui redit que Guillaume n'était pas de bonne humeur.

— Personne ! Sinon pourquoi je peindrais ? Le public croit que je peins pour donner ma représentation du monde, dévoiler mes rêves. Je peins parce que je ne suis pas de bonne humeur. C'est

190

vraiment joli ici. Et si je m'installais avec vous deux ? On s'amuserait bien. On ne sortirait pas. Marie sait faire la cuisine ? Oh, vous savez, moi je ne suis pas difficile : je renvoie tous les plats. Allez ! Je reste à vie. On regardera par la fenêtre. Et quand on en aura assez vu, on se jettera à l'eau.

La main en visière, il cherchait le regard de Guillaume. La sonnerie du téléphone retentit. C'était Gi. Déjà, à New York, Juan lui avait plusieurs fois faussé compagnie. Il recommençait ici. Où était-il ?

Mendoza supplia Marie de répondre qu'elle n'en savait rien et suivit de l'index les mots de sa femme comme s'il les voyait s'inscrire dans l'air. Il tapota sur le carton à dessin qu'il tenait sous le bras comme un écolier, lui fit signe de raccrocher : il allait leur montrer. Il se pencha vers Guillaume :

— Tu te souviens quand tu me parlais de notre vision fragmentaire des êtres, de la déformation du jugement prématuré, de la mémoire qui nous perd ? On ne voit qu'un détail qui vous envahit, puis plus rien. Et pourtant on a les yeux grands ouverts. C'est un peu ce qui m'arrivait quand je mourais. N'en parlons plus, regarde...

Guillaume lui avoua qu'il était surpris qu'il se souvienne de cette conversation.

— Qu'est-ce que tu crois ? Que je suis une bourrique ? Que je suis Gi ? Que je ne fais pas attention quand tu me parles ? Il ne faut pas que tu oublies que tu es mon meilleur ami.

Juan étala un dessin commencé, disait-il, au Champ-de-Mars, achevé dans l'escalier du Guggenheim avant de « capoter ».

— Voilà. C'est toi dans mes miroirs.

Le dessin faisait le tour de la pièce. Guillaume, sous tous les angles possibles, souriait, pleurait, criait, pensait, s'absentait.

— Après, se vantait-il, on dira que je n'ai pas le sens de l'amitié. Comme tu sais, je ne t'ai pas vu dans ces miroirs.

Il dépliait le dessin, fier de sa composition. La dernière page rejoignait la première. Juan demanda à Marie de lui donner les tresses de perles qui transperçaient un cœur de corail, qu'elle portait l'autre soir.

— Je le prends contre le portrait multiface de Guillaume.

Le marché paraissait honnête : le dessin, elle l'avait dans la main. Le cœur était là. Il suffisait qu'elle dise oui. Guillaume attendait. Elle réfléchissait. C'était son seul trésor, elle ne pouvait s'en détacher.

— Même pour le portrait de Guillaume ?

— Donnez-le-lui, vous, si vous voulez.

Juan hésitait. Guillaume refusa le cadeau, il n'avait rien à proposer en échange. Il regardait ce drôle de panorama de lui. À la place de Marie, il aurait bondi : Marie à Ibiza, Marie ronde, Marie plate, Marie étale comme la mer de Chine, Marie en vagues, Marie grain de sable, Marie nue, Marie derrière sa bouche, Marie au-delà de l'image, y revenant, Marie devant, Marie derrière chaque page. Elle avait refusé toutes ces images de lui.

Depuis le départ de Juan il ne disait plus un mot.

— Tu n'avais qu'à le prendre ! Moi je te vois sans cesse. Et puis il n'était pas si bien. Ne t'inquiète pas, il en fera d'autres.

Anatole mourut, ou plutôt était mort depuis deux mois quand Guillaume se présenta chez lui dans l'intention de faire son portrait. Le gardien attendait la famille avec impatience :

— J'ai appelé partout. Une demoiselle Décembre ne vous a pas fait la commission ? Le notaire a dû vous joindre. Ils n'ont pas mis les scellés. Voulez-vous que je vous accompagne là-haut ?

Il rencontra le notaire :

— Votre oncle est mort après un dîner dans le restaurant russe de Katmandou. Il vous a institué son légataire universel.

— Vous l'avez enterré sans moi ?

Les petits yeux noirs, brillants et tranquilles du notaire le ramenèrent à son oncle, à ses phrases à l'emporte-pièce et au silence dont il aimait se draper. À peine s'était-il vanté, avait-il asséné une de ses certitudes, abattu une carte, qu'il ne disait plus un mot. On se demandait si c'était bien lui qui avait parlé. Un de ses dons, une de ses voluptés, était de surgir aux moments les plus inattendus, inondé d'un parfum abusif et tenace, bras écartés, mains ouvertes, pour faire retentir une fureur jouée ou un rire grandiose. Après des mois d'absence il réapparaissait, formidable, bouchant toutes les vues, toutes les issues. Chaque fois Guillaume avait, face à son oncle, l'impression de se heurter à un mur. Bien que grand et large, Guillaume semblait frêle face à ce géant qu'il embrassait en se dressant sur la pointe des pieds, comme lorsqu'il était enfant et qu'il le trouvait à la sortie de l'école, l'air jovial, prêt à l'emmener dans d'immenses voitures américaines bleues, orange, jaunes, vertes, plus grosses les unes que les autres, vers des plaisirs plus incroyables encore. L'oncle aux chevalières, l'oncle aux mocassins en crocodile, l'oncle doré, faisait l'admiration de la petite foule qui sortait du collège. C'était l'oncle magnifique, le rempart aux questions, aux railleries des camarades de classe, la défense en face des grands, la part de mystère que Guillaume développait aux récréations.

Chaque apparition signifiait une surprise : la pâtisserie où il avait le droit de tout commander, le cirque où l'oncle s'étant fait l'ami des clowns, c'étaient eux qui lui apportaient, entre deux blagues qui jaillissaient, son cadeau d'anniversaire. Anatole avait plus d'un détour : la gare de la SNCF où il allait vérifier si ses convois remplis de fromages étaient arrivés, donnant ainsi à Guillaume un train électrique grandeur nature ; le parc d'un ami avec qui il était en affaires, occasion de voir autruches, paons, biches, cerfs, zèbres, singes et même un kangourou auquel, sous prétexte de surprendre Guillaume, on avait collé des ailes. Plaire n'intéressait pas l'oncle Anatole, mais stupéfier. C'était son but, sa vocation. Prendre à contre-pied le tenait debout.

Guillaume voulait voir Marie, l'entendre, la serrer contre lui, mais le soir ils dînaient au Champ-de-Mars. Impossible de remettre sans explication. Pourrait-il faire bonne figure ? Qu'ils ne sachent rien lui semblait plus important que tout.

Sans le regarder, Gi décréta qu'il avait une mine insolente. Était-il si important, maintenant ? Il tressaillit comme si, l'ayant suivi, elle avait assisté à l'ouverture du testament, comme si elle avait entendu clauses, propositions, arrangements, le compte ouvert pour payer domestiques, train de vie, rentes et arriérés. Elle le trouva ennuyeux. Il se prenait au sérieux en ce moment. Elle en profita pour le placer en bout de table, entre une nièce Steinway et le professeur de gymnastique de Suzy d'Orengo. Il sourit pour la première fois de la soirée. Cet air vainqueur exaspéra Gi déjà très fâchée qu'il ait si peu parlé. On n'invite pas les gens pour qu'ils vous fassent la tête. Marie était loin de lui. Il cherchait son regard. Gi l'accaparait.

On vendait le Claridge, entendit-il pour achever la journée. On en fera des appartements. Adieu, verrière, piano, plantes vertes, conspirations, langues étrangères. Adieu, Anatole qui lui avait permis là tant de liberté. Il dit légèrement, mais avec sérieux, qu'il pourrait racheter l'hôtel.

Dans l'île, Guillaume éclata. Marie savait que l'oncle, les Invalides, c'était un secret. Elle dédaignait ses reproches : elle avait oublié de le lui dire, pour Anatole. Et alors ? Avec lui, il fallait que tout prenne des proportions hyperboliques. Tout le monde connaissait quelqu'un qui était mort, ou allait mourir. C'était triste mais qu'y faire ? Surtout que Guillaume n'était pas tellement famille.

— Tu le fais exprès ?

— Un peu... Je te signale qu'en deux ans tu ne me l'as jamais fait rencontrer. Il ne t'était donc pas si important ! Tu exagères. On dirait que tu as envie de faire des histoires pour tout.

De toute façon, il n'était pas question qu'elle vive aux Invalides. Gi avait raison : on ne met pas les pieds dans les pantoufles d'un mort, aussi riche soit-il.

— Tu lui en as parlé ?

— C'est elle qui m'a posé la question.

Tous ces mots : suicide, revenir sur cette mort, pantoufles d'un mort, oncle, marchand de fromages, arrachaient le cœur de Guillaume par lambeaux. Il la suppliait de ne pas être sotte.

— Si tu l'aimais tant, il fallait vivre avec lui ! Gi dit que tu es incapable d'aller au bout de quoi que ce soit. Regarde tes photos, qu'est-ce que tu en fais ? Si ce n'était pas Mag, elles ne seraient jamais publiées. D'ailleurs, comme dit Gi, celles-là feraient mieux de ne pas l'être, tu vaux beaucoup mieux que ça.

Dans le bureau d'Anatole, Guillaume cherchait du papier à lettres pour écrire ce qu'il ne pouvait dire à personne, pas même murmurer à Marie. Les mots l'aideraient peut-être à retrouver la sensation de la grosse main douce et parfumée de son oncle fermant ses petits doigts pour la prière du soir, abaissant ses paupières, leur profonde complicité. Ne pas oublier de s'en souvenir, elle l'aiderait peut-être à patienter, à vivre.

Il répétait « vivre », ouvrant et refermant les tiroirs en sycomore, les casiers numérotés où dormaient des lettres de femmes amoureuses ou problématiques, mais pas une feuille blanche. Toutes étaient annotées en rouge comme des copies d'élèves : « Instable », « S'endort vite », « Voit tout en noir », « Rit trop fort ». Il trouva des coupures de journaux ayant trait à son sport favori : la conquête du marché mondial du fromage. Anatole avait gardé les encarts publicitaires pour son gruyère, le vrai, le bon, le seul « Méfiez-vous des imitations ! », et les annonces qu'il s'offrait dans les gazettes de telle ou telle ville du Chili ou du Texas pour son arrivée. De Kuala Lumpur à Lambaréné, il avait claironné : J'arrive ! Les messages, dans la langue du pays, étaient incompréhensibles, sauf que l'oncle génial s'était toujours réservé quelques lignes en français, sans doute pour le plaisir de lire à chaque étape tout le bien qu'il pensait de lui, cet homme *hors normes,* avec qui la postérité, comme tout le monde, serait forcément injuste.

Billets de banque périmés, cartes de visite de tous formats, abonnements au tir à l'arc, entrées au Golf Club de Calcutta, membre bienfaiteur du Bowling de Niort, ami des Amis de Zola, laissez-passer, diplômes, brevets de pilote. Anatole, persona grata en tout et pour tout.

Sous « Abonnés à ma générosité », se rangeait une liste de tapeurs avec un memorandum adressé, bizarrement, à Guillaume dix ans plus tôt :

« Je dois ma réussite à certains gestes qu'ont eus à mon égard certaines personnes conscientes ou inconscientes des services qu'elles me rendaient. Plus tard, j'étais à peine le Roi du Bleu que tous sont venus, sans hésitation, me rappeler ce que je leur devais. Ils avaient un prétexte : l'huissier dans l'escalier. Ils juraient de me rembourser dès que possible. J'ai donné sans discuter, mais pas dupe : je savais qu'après une occasion il y en aurait une autre. Un garçon très débrouillard quoique désordonné, de Dinard, a porté en terre sept fois sa mère pour moi. « Par pitié, arrêtez ! » Ce fut net : il passa aussitôt à des parents du second, du troisième degré. Celui-là, je l'ai salarié. Comme quoi la persévérance paie. Ma soi-disant générosité a sûrement des motifs bien noirs, mais à quoi sert de les chercher ? Je tiens à rester pour quelques-uns, dont toi, un personnage sans tache. Tu n'as aucun devoir envers tous ces quêteurs : la roue a tourné.

« L'argent ne sert qu'à une chose : dominer la situation. Je parle de situations idiotes. Mais si tu commences à donner, ne t'arrête pas. Et donne à date fixe. »

Guillaume regarda de plus près. Presque chaque jour des versements étaient prévus.

Le 1er, il y avait foule.

Le 5, Bertrand de la Haye : 200 francs, riche hobereau, avare, malhonnête, à humilier à chaque occasion. Se souvenir de la tête de Laurens de C. de N. Manque ignoble à la parole d'un mort. Se venger un jour autrement.

Le 13, Mme B. : 3 000 francs. (A retrouvé Dolly, ma chienne, qui s'était perdue.)

Le 15...

Le 18...

Le 27, Guillaume via Solange : 10 000 francs.

Guillaume via Solange ?

Le même jour, Solange : 10 000 francs.

Son nom revenait chaque mois. Chaque année. Pourquoi ne lui avait-elle pas parlé de cette aide ? Elle n'avait peut-être rien reçu, Guillaume rappela le notaire. Que s'était-il passé avec Solange ? Anatole avait peut-être oublié.

— Madame Delastre, vingt mille par mois ? C'est exact. Eh bien oui, depuis quelques années, Solange Delastre versait à Laure Delastre, Madame votre mère, vingt mille francs par mois. Avant c'était bien plus.

Au milieu de cent lettres de Solange il trouva la bonne :

« J'ai peur qu'une fois payée la rue de Miromesnil, elle nous reprenne Guillaume pour demander d'autre argent. Tu la connais. Ton homme d'affaires me conseille un faux prêt. »

Lettre plus ancienne :

« Notre Guillaume arrive après-demain. Les quarante-huit heures qui me séparent de son arrivée sont si merveilleuses et si pénibles. Pourquoi dois-je les vivre seule ? J'ai honte de te dire à quel point j'aime Paul. Est-ce ma faute ? Hier, j'ai vu ta sœur, j'espère pour la dernière fois de mon existence. Elle a empoché le chèque et a murmuré, féroce : "N'oubliez pas que c'est chaque mois, sinon, je reprends le gamin. Manquez une fois à votre parole et vous ne l'aurez jamais plus. Les droits d'une mère sont imprescriptibles. Faites-vous une bonne affaire ? Un enfant est une prison, surtout celui d'un homme qu'on ne sait pas garder". »

À certaines lettres froissées, crevées, on sentait la corbeille à papier où, après les y avoir jetées, Anatole avait dû les repêcher, afin que le tableau soit complet.

« Vous me parlez de l'amener rue Murillo ce dimanche. N'y songez pas. Le dimanche je travaille. Ah, si j'étais une fille entretenue ! Je vous le prête huit jours de plus. » Grâce au marché, la semaine ne s'était jamais refermée. Les feuillets filaient entre les doigts de Guillaume. À chaque lettre elle réclamait vingt mille francs pour celui-ci, cinquante mille pour celui-là. « Les ateliers sont des gouffres ! Si Guillaume allait y porter pour moi quarante-cinq mille francs dans une enveloppe, cela suffirait. Dans ce métier, les petites mains font la loi. »

Guillaume allait repousser le casier, vomir, quand il attrapa une lettre à l'en-tête du Claridge.

« Tu veux lui offrir un appartement ici. De quel droit ? Pour lui faire une meilleure vie ? Il n'y a pas de meilleure vie. Il sera comme son père : un raté. Il pense à l'idéal. Tu le vois, toi, l'idéal ? »

Il pleurait sur le lit d'Anatole.

Jeté comme un dé d'un gobelet, à tour de rôle chaque joueur s'était emparé ou défait de lui pour obtenir autre chose. Et Solange qui faisait semblant de tout lui dire, pour tout lui mentir. Mené comme un pion par une main, repris par l'autre, ce soir encore sa place lui était assignée, indiquée par un mort. Un mort délicat, plein d'attentions, mais un mort qui aurait mieux fait de tout brûler. Toute sa belle désinvolture qui lui venait d'un sentiment d'avoir été aimé, gâté, choisi, d'être un enfant du hasard, pas cet objet, cette monnaie d'échange, lui était volée. Il n'avait été qu'un alibi. Qui avait gagné ? Laure recherchait à tout prix la gloire ; Solange un mari ; Anatole la paix. L'avait-il conquise ?

Il n'était pas sûr que la nuit, dans leurs rêves, elles ne réussissaient pas à l'atteindre pour quêter un peu de reconnaissance et lui rendre l'esprit chagrin.

203

Au salon, comme d'habitude, deux groupes : d'un côté Marie, Gi et sa foule ravie, de l'autre Juan et Guillaume qui se parlaient à voix basse, complotaient.

Encore une fois, à table, Gi, surveillant Guillaume, l'interpellait. Qu'avait-il donc fait ces jours-ci ? Il était devenu héritier ! Alors combien ? Tout ça c'était combien d'argent ? Elle était féroce. Avait-on raison de considérer Guillaume comme un ami ? Il les trahissait formidablement : il était propriétaire d'un des plus beaux appartements de Paris et n'avait pas songé à organiser une fête pour Noël, à le leur montrer. « On veut voir », criait la troupe, fourchettes et poignards en l'air. « On veut voir ! On veut voir ! On veut ! » Où ? Juste devant le pont Alexandre III ? À côté ? Plus loin ? Où exactement ? Marie expliquait, décrivait. Il ne pouvait plus placer un mot tant ils étaient excités. Gi leva la main : « On vient tous dîner demain soir. Gare à toi si tu nous décommandes. » De visage en visage Guillaume remonta la table comme une échelle. En masse ils étaient courageux. Il cherchait à croiser le regard de Marie. Prise dans un faisceau de questions, elle riait de l'aventure de Guillaume.

Juan en se levant de table lui dit qu'il avait peur qu'il le laisse tomber maintenant qu'il était riche.

— Vous aussi, vous avez des pensées vulgaires ?

Derrière Gi et Juan, les amis en essaim sur le palier, se pressaient, étouffaient des petits cris d'avidité, se poussaient. Gi, arrêtée, tandis que tous s'étaient éparpillés en courant comme à l'ouverture d'un grand magasin le premier jour des soldes, pointait son nez devant chacune des trois voies qui s'ouvraient. Sérieuse, elle cherchait la plus prometteuse. L'enfilade des salons ? Elle y viendrait plus tard. Le dédale vers les chambres l'intriguait davantage. Et devant, que se passait-il ? Des statues. Deux rangées. C'est par là qu'elle irait. Elle les passa en revue. Guillaume, deux pas derrière, suivait cette colonelle qui commentait, s'interrogeait à voix haute sans se retourner, donnait son avis. Guillaume avalait ses lèvres pour ne pas rire.

— Eh bien dis-moi, c'est une nécropole ! De la peau d'éléphant ? Ça ne m'étonne pas ! C'est sec. Tu es quelqu'un de sec. Et ton oncle s'est fait avoir. Heureusement qu'il est mort. Il est peut-être mort de ça. Trop disparate. Trop « flashy ». Pas un Mendoza ?

Guillaume ne riait plus. Il avait oublié.

— Braque ? Et pourquoi pas ? Ce n'est pas mal mais ce n'était pas celui-là qu'il fallait choisir. Un Douanier Rousseau maintenant ? Faux ! Un faux. Bien sûr qu'il est faux ! Le Braque aussi ! Tu as hérité de copies de tableaux.

Elle avait sorti ses lunettes de son sac, inspectait

chaque bronze, chaque cadre, se penchait au-dessus de tout, commissaire-priseur qui calcule, suppute, compte, doute.

— Ce bric-à-brac me dégoûte.

— Ce n'est pas un bric-à-brac, c'est le contraire. Regardez tout cet espace.

— Et c'est toi ?

— Comment c'est moi ?

— C'est toi qui as choisi ?

— Oui.

— Tout seul ?

— Tout seul.

Ils pénétraient dans le plus grand salon. Les fauteuils recouverts de tapisserie Louis XVI à fleurs, les bustes de sèvres blanc entre les fenêtres, l'impression d'immensité, le jardin de chaque côté de la terrasse couverte d'un plancher, la discrétion des coloris, la vigueur des objets, l'envolée, le contraste des formes, le style net la firent se taire.

Près d'un guéridon d'albâtre, Juan buvait un jus d'abricot que venait de lui servir Marie. « C'est bon, mais d'un bon !... » Il se passait la langue sur les lèvres qui palpitaient, et montrait son verre à Gi non pour qu'elle goûte, il n'en céderait pas une larme, mais pour qu'elle en commande.

— Quoi ? Du jus de fruit ? Enfin, tu n'es plus un enfant. Est-ce qu'on reçoit avec des crétineries pareilles ? Pourquoi pas du sirop d'orgeat ?

Juan se tourna vers Carlos Williams. Pourquoi était-elle dans cet état ? C'était joli, ici.

— Et il a gagné tout ça avec du brie ?

— Avec toutes sortes de fromages, lui répondit Guillaume d'une voix désolée, comique, face à l'envie, au désir de possession de Gi.

Elle s'empara d'une tortue en turquoise posée entre une cinquantaine d'autres taillées dans la même pierre, collection qui recouvrait le maroquin rouge d'une table, et la mit dans son sac. Elle avait le même aplomb, arrogant et tranquille, la même assurance de son bon droit, que certaines kleptomanes de grands magasins qui, devant tant de richesses, étouffent.

— La tortue, c'est mon signe.

Il lui demanda de la reposer.

— Avare, en plus ?

Elle voulait la garder mais il insista, déterminé plus que fâché. La main de Gi creusait dans son sac des galeries, agitait la besace. Comment l'animal avait-il pu disparaître ? Il voulait sa tortue ? Elle l'avait trouvée, il l'aurait. Elle la serra fort une dernière fois dans sa main, la porta à sa bouche, déposa un baiser sur son museau et l'envoya de toutes ses forces contre le mur où dormait une ville enfantine de Paul Klee.

La pierre éclata en morceaux. Une traînée de poudre turquoise scintilla dans un rai de lumière et s'évanouit. Guillaume attendit quelques secondes, regarda Juan surpris mais muet qui se remit à déguster son sirop.

Gi toucha du doigt une écorce posée sur une cheminée de marbre rose : immense empreinte digitale chocolat foncé, placée entre deux blocs de cristal de roche allumés par Jean-Michel Franck.

— Mais c'est à moi !

Elle se souvenait parfaitement du marchand chinois de la rue de Monceau où elle avait découvert cette planche de méditation. Guillaume n'avait alors aucune idée sur ce bois tibétain, alliance de la pensée et de la nature. Des millions d'yeux, depuis des milliards d'années, avaient fixé ces rainures, ces veines. Elle caressait le bois. Comme c'était doux ! Ainsi Guillaume la lui avait chipée derrière son dos. C'était trop !

Un panneau de métal gris coulissa pour qu'apparaisse, dans la pénombre, la salle à manger où scintillait une table couverte d'assiettes et de chandeliers entre des guirlandes de fleurs blanches. Le dîner que son oncle avait imaginé s'il se mariait. Guillaume avait alors souri sans lui poser de questions.

Non ! cria Gi. Pour qui se prenait-il ? Un Mendoza au petit pied ? Un artiste ? De quel droit ces lumières ? Ce faste ? C'était ridicule. Elle ne dînerait pas chez quelqu'un qui la narguait, à moins qu'il ne lui rende le bois chinois.

Guillaume, maître de maison, souriait, lui indiquant la place où elle devait s'asseoir. Juan, attiré par les lumières, n'hésita pas. Il cherchait, tournant seul autour de la table dans la salle à manger vide. Ses petits pas esquissés sur le damier de marbre noir et blanc, le faisceau des regards qui suivaient cette drôle de danse, lui donnaient encore une fois la vedette.

Gi, les poings sur les hanches, ne démordait pas.

— Tu ne t'excuses pas ? Tu ne me le donnes pas ?

— Non.

— Alors bonsoir, dit-elle, et qui m'aime me suive.

Ils partirent tous, reprenant leurs manteaux à toute allure comme de peur de manquer l'ascenseur. Seuls restèrent Marie, Guillaume et Juan qui soupira : « Enfin, nous sommes en vie ! » et éclata d'un rire inextinguible. Guillaume demanda aux maîtres d'hôtel immobiles, en gants blancs, que son oncle aurait commandés pour une telle circonstance, de les laisser, ils se débrouilleraient eux-mêmes. Le spectacle de leur départ à la queue leu leu fit redoubler le fou rire de Juan. Guillaume décida de prendre un panier à la cuisine : ils pique-niqueraient tous les trois dans l'île.

Là, près de la Seine, des bateaux, du frémissement de l'eau, Maestro leur raconta ses premières amours, ses premières blessures, ses premiers duels avec la peinture, la solitude, de cette voix caressante et profonde dont les graves les rapprochaient autant que les secrets qu'il révélait.

Guillaume fit distribuer, sans y glisser sa carte, à toutes les amies de son oncle qui n'en attendaient pas tant, des souvenirs : Valentine Brisard : perles de son plastron ; Florence Popée : cadre de voyage en or ; Katia Fèvre : gourmette ; Andréa Paris : foulards encore imprégnés de son parfum ; Lucia de Felice : boîte à pilules. Puis le chauffeur d'Anatole le conduisit en Normandie, à l'usine avec laquelle il était bien obligé de faire connaissance, qu'il hésitait à vendre ou à remettre aux employés.

L'odeur de cuir, de tabac froid, le paysage triste et brumeux couché par la vitesse et la pluie augmentaient l'absence de Marie partie la veille avec des émeraudes pour Djakarta. Elle était passionnée par l'aventure et par ce département de bijoux anciens que Miss Bellair avait finalement ouvert pour le lui confier. Quel prestige pour la Miss. L'enjeu, pour Marie, était énorme.

Devant le perron d'une maison prétentieuse qu'on appelait le château à cause de ses tours pointues, quatre hommes alignés, costume de flanelle rayée coupée dans le même sens, air compassé, œil froid, l'attendaient. La secrétaire d'Anatole, poitrine avantageuse, démarche pesante, joues roses, front blanc surmonté d'une frisure, lui fit visiter l'usine. Sa poignée de main forte, son regard direct, l'avaient emporté sur la fausse chaleur, les courbettes incessantes des collaborateurs.

— En quelque sorte, c'était moi l'homme de confiance de votre oncle.

Malgré sa discrétion, partout où il passait, le nouveau « patron » était deviné. Les gestes ralentissaient, les têtes se découvraient, s'inclinaient avec crainte. On se forçait à sourire, inquiet de ce jeune roi à qui le vieil eunuque fait visiter le harem. Il s'intéressa davantage à ce qu'elle appelait la partie chimique, tenue par un homme qui, sautant en l'air tous les trois mots devant ses petits tas de crème, parlait de sa palette comme Juan des différents bleus chez Matisse, Bellini, au Portugal ou en Chine. Il fallait hausser le ton, donner plus de tonus, de vécu, oser, ne pas hésiter, arrêter de considérer le palais du client et sa langue comme les ailes d'un papillon.

Trop facile de remonter tout à l'heure dans la voiture et d'accepter la proposition du banquier qui promettait de tout régler avant trois mois, c'est-à-dire de vendre. Pas brader la secrétaire en tailleur bleu, les quatre directeurs, les employés en blouse blanche, le chimiste malin. À la fin de la journée, il avait tout vu, tout jugé : hectares de prés pour les animaux, barrières qu'on avait fini de repeindre malgré le deuil.

En consultant les dossiers déballés devant lui, il avait eu l'impression de descendre à reculons dans un univers où n'avaient d'importance que les vaches, des millions de pis de vaches, des milliards de litres de lait de vache ; le rapport qualité-prix de la vache américaine était à considérer mais « tant que nous aurons une politique protectionniste, il faudra nous contenter de nos vaches hexagonales » ; la

211

vache mexicaine, on n'en parlait pas ? Ils compa-raient la française à la belge. On n'allait pas lui re-parler de la vache atlantique ! Certainement il fallait trouver de nouveaux terrains. Ils étaient huit penchés autour de lui et d'un globe terrestre. Que le monde semblait petit à côté d'une vache !

Aucun chèque n'avait été signé. Aucun salaire n'avait été versé. Pour les cas désespérés, la secré-taire avait pris sur elle de puiser dans le coffre. Avait-elle bien fait ?

Il était déjà minuit. Il dormit mal dans un petit hô-tel d'où il n'était pas possible d'appeler Marie. Les jours qui suivirent furent, de ce point de vue, déplo-rables. La secrétaire ne comprenait pas pourquoi il voulait joindre Djakarta pour résoudre des problè-mes laitiers. Elle n'avait jamais entendu dire que là-bas ils étaient spécialistes. De toute façon, la com-munication ne passait pas.

Plus il cherchait à apprendre comment fonc-tionnait l'entreprise, plus il pénétrait dans des cer-cles compliqués, agités, tournant tous autour d'un seul point central, où l'on ne sait plus qui en-traîne quoi et pourquoi on s'est laissé mener. Sans Anatole, c'était la faillite. Avec Guillaume, elle ar-riverait à grands pas : il avait envie de dire oui à toute demande d'ajustement de salaire, oui à tout congé supplémentaire. Huit jours pour respecter le deuil de mon oncle ? Pourquoi pas ? Il aurait accepté une augmentation de capital si les gros yeux de la secrétaire ne l'avaient empêché de faire cette bourde. Marie était trop loin.

Sous prétexte de réfléchir, il rentrait à Paris pour la retrouver. Marie était pressée, elle repartait pour Hong Kong. Il ne pouvait pas l'écouter avec sérénité, l'avenir de l'affaire n'était pas si simple. Il devait retourner là-bas.

Pendant ses allées et venues entre Paris et le bureau ovale d'Anatole, Guillaume n'avait plus le temps de réfléchir. Que sauvait-il ? Que gagnait-il ? L'absence de Marie, due sans doute à la sienne. Il la retrouverait quand il aurait un directeur, les affaires étant d'abord faites pour ceux qui les aiment. On essayait de le convaincre d'acheter ceci, de vendre cela, de transformer le tout. Il n'en faisait qu'à sa tête, et mois après mois les résultats qu'il annonçait, aussi bons que ceux de son oncle, parvenaient à décourager voisins et chacals persuadés qu'ils ramasseraient le tout pour une bouchée de pain.

L'envahissement de cette usine dont une partie du toit s'était écroulée après l'orage qui avait déraciné leurs plus vieux arbres, s'était fait doucement. Tout ce qui se passait là-bas : la guerre des chefs, la trayeuse folle qui ne voulait plus lâcher ses pis, la concurrence du concentré et de la poudre, l'interdiction d'importer des hollandaises, le trafic découvert, toute cette abracadabrance s'était emparée de lui qui ne pensait qu'à être digne de son oncle. Guillaume apaisait, promettait, rassurait, consolait, ignorant que chaque jour Marie se plaignait un peu plus de lui. Certains le détestaient pour cette autorité méthodique, inflexible, et son éternel mutisme jusqu'à la décision finale. Contrairement à ses vœux, ses attentions, ses heures d'écoute, la boîte de pâtes de fruits pour qui encore, les encouragements à celui-là, l'intervention pour celui-ci, il était craint. On se méfiait de lui. Qui était-il ? Un Parisien. Comment auraient-ils fait si l'oncle était mort sans descendance ? Finalement il allait tout vendre. Un concurrent lui avait proposé de s'associer. Guillaume aurait ainsi la possibilité de vérifier que l'entreprise de son oncle ne serait pas trahie, que les employés seraient gardés. On ne ferait qu'ajouter.

Il passa une nuit dans l'île sans Marie et pour une fois ne chercha pas à l'atteindre. Il s'imagina toute sa vie, ainsi, sans elle. Là, ou aux Invalides, ou à l'usine qui commençait à le passionner, ce serait intenable. Lui revenait en pleine figure ce sentiment d'impuissance éprouvé en réunion alors qu'il devait l'appeler. Il ne pouvait être prisonnier comme Anatole, comme Laure, d'une réussite qu'il n'avait pas voulue. On aurait dit que, par cet héritage, son oncle voulait lui faire toucher du doigt le massacre provoqué par ses rêves de grandeur : quelle femme avait supporté plus d'un an ses absences répétées, ces urgences qui prennent le pas sur toute intimité, sur tout sentiment. Il y avait des armoires remplies de doléan-

ces, des centaines de lettres d'abandon de poursuite qui confirmaient que ces allées et venues
constantes, cette tension sans faille, ne pouvaient
qu'empêcher l'amour. Il était temps de renouer
les mêmes rires, la même entente, de reprendre
Marie dans ses bras. De vendre.

Il pensait à Marie souvent seule. Ce n'étaient
pas ses voyages pour Miss Bellair qui les rapprochaient. Elle était seule la veille encore, après le
verre chez Bella qui, elle non plus, ne savait pas
comment ronger la nuit. N'avait-il pas mille fois
dit que le temps partagé séparément, sans se tenir
la main, était du temps perdu ? Pour signer des
contrats, il avait annulé leurs vacances ; pour dîner avec ses directeurs, il avait manqué l'anniversaire de Juan. Gi avait fait remarquer qu'il ne faisait plus aucun cas d'eux. Pendant les quelques
soirées qu'il leur accordait, il était tellement fatigué qu'il était sinistre. Comme ce vieux gâteux de
Steinway, il reposait dix fois de suite la même
question. Marie ne savait plus qui il était : bon,
mauvais, triple, double, simple ? Le Guillaume
d'autrefois lui manquait, disait-elle. Si autrefois il
dirigeait les conversations, faisant taire le trop ba-
vard, mesurant avec parti pris les interventions de
chacun, il ne la quittait pas du regard. Il était là.
Maintenant, chez eux comme chez les Mendoza,
que racontait-il ? Qu'il avait trouvé une autre compagnie pour assurer ses transports, qu'Anatole par
un système d'hypothèques à tiroirs avait acheté
toute la région mais que finalement on ne savait

plus quoi était à qui, que les emballages collaient, que le papier d'argent, nocif selon les Américains, avait été remplacé par du transparent qui se défaisait comme les bandelettes d'une momie. Passionnant.

Quand il rentrait tard, il la trouvait bras croisés devant la table ronde en bois noir d'où elle avait tout retiré, nappe, fleurs, livres. Elle parlait à voix haute, comme pour elle seule : cela n'avait aucune importance qu'il soit rentré. La veille il avait soi-disant perdu sa clé, s'était fait soi-disant ouvrir les Invalides, l'avait soi-disant appelée de là-bas, elle ne le croyait pas. Elle ne pouvait plus le croire. Au moins, comme disait Gi, Juan, malgré ses travers, ses velléités, ses colères, ses turpitudes, il était là. Elle n'allait pas vivre avec une ombre, il fallait qu'ils prennent une décision. Mais il dormait déjà.

Il ne se passait pas un jour sans scène. Plus il arrivait à remettre de l'ordre en Normandie, calmer les esprits, continuer l'œuvre accomplie par son oncle, moins il retrouvait le bonheur avec Marie. Ils se donnaient rendez-vous à huit heures devant un cinéma, elle n'y était pas. Il lui faisait une surprise : la Sonate de Liszt. Brusquement elle se jetait dans ses bras, ils retrouvaient une heure, parfois une nuit, le plaisir d'autrefois mais les explications, les fuites douloureuses, les tensions revenaient.

Les bateaux qui passaient envoyaient sur le mur des faisceaux de lumière, pellicule blanche où

Guillaume, pour la charmer à nouveau, projetait avec ses mains et le profil de quelques objets, de drôles de dessins animés qu'il commentait comme s'ils ne s'étaient jamais disputés. Après les lapins qu'il avait fait courir, leurs lèvres se rejoignaient. Il attrapait toutes les images qui passaient, ne voulait en manquer aucune, allait jusqu'à se plaquer contre l'écran, personnage ressuscité du muet, amoureux qui cherchait Marie, mais là, trop près de l'objet, le rêve lui échappait comme dans la réalité. Au lieu de l'embrasser sur le mur, viens... Il passait la nuit sur ces crêtes.

Deux jours à Honolulu, cinq à Berne, deux à New York, trois à Téhéran. Miss Bellair était gourmande. Dans ce jeu de l'oie il avait souvent l'impression de revenir à la case départ, quand il ne se retrouvait pas en prison, comme lorsqu'il ne savait ni où elle était ni quand elle reviendrait. À peine descendait-elle de l'avion qu'elle se ruait au Champ-de-Mars. Gi arbitrait. C'étaient des affaires de femmes. Qu'entendait-il à ces problèmes ? Elles n'étaient pas venues l'embêter en Normandie et se mettre au milieu de ses experts et de ses fromages, pour faire rater la vente de l'usine. Elles chuchotaient. Marie repartait dans trois jours pour Rio. À peine le temps de reboucler ses valises. Deux courses pour elle, une amie à voir, Miss Bellair à dorloter, et lui ? Elle le renvoyait à de‘

217

questions désobligeantes avec des façons dures que Gi réparait en l'absence de Marie, douceur qui faisait oublier ces crises d'indépendance absurdes. Gi avouait que si elle ne s'était pas rendue indispensable à Juan, envahissante, il serait peut-être plus aimable avec elle. Ce n'était pas si facile de créer des bijoux, il devait la laisser aller où elle pouvait puiser son inspiration pour mieux revenir à lui ensuite. Alors qu'il la laisse faire. Qu'il ne lui dise rien surtout ! C'était ça aussi aimer : respecter la liberté de l'autre.

Réconforté, Guillaume parcourait avec Juan abattoirs, hôtels des ventes, foires, marchés. Gi était trop fatiguée pour les suivre et n'avait plus l'âge de marcher devant, jupe fendue sur les côtés. Qu'ils sortent sans elle, tous les deux, cela le distrairait de cet héritage encombrant, disait-elle, acide.

Ils s'asseyaient dans les cafés, Juan fredonnait *Les copains d'abord*, commandait pour Guillaume des cocktails auxquels il ne touchait pas, mais il n'oubliait pas d'accuser Gi de vouloir les séparer alors qu'il n'avait jamais trouvé quelqu'un avec qui il s'entendait si bien. Pourquoi n'iraient-ils pas ensemble voir les filles ? Mais Guillaume n'entendait pas.

Mag était la seule à qui Guillaume pouvait confier son désarroi :

— Marie parle à Gi du matin au soir, commente notre vie, bien qu'on n'en ait plus beaucoup. Comment ne s'aperçoit-elle pas que nous sommes moins heureux ? Juan et Gi pourraient aller seuls au théâtre ou au cinéma ! Même quand il s'agit de nous, Gi tranche. Marie écoute. Les soirs où, par miracle, ils sont pris, les soirs bénis, elle se précipite chez Bella Becker. Pour parler de quoi ? D'eux. Juan aime-t-il vraiment Gi ? N'est-il pas, sous des dehors de victime, celui qui décide ? Marie court derrière eux. Elle est grisée. Je ne peux pas lui dire « c'est eux ou moi ». Ce n'est pas sur ce plan-là. C'est triste. Ils n'ont d'intérêt que si on oublie leur gloire.

Mag n'avait qu'un avis : il faut couper. Guillaume la regardait, l'œil rond. Impossible !

— Il faut te changer les idées, je t'invite à la Coupole, on ne m'y fait pas de prix, mais ça me rappellera ma jeunesse. Quand je sortais avec mon mari, le métro Nord-Sud.

Il était trois heures moins le quart. Coudes sur la table, mains croisées, décidé à parler d'autre chose, à lui raconter le contrat Dunlop, tout à coup il pâlit. Un voile descendit devant ses yeux.

— Regardez ! Je vous en supplie, ne bougez pas. Vous allez tourner la tête imperceptiblement, qu'ils ne nous voient pas. Tout au fond de la salle. Il porte une veste de velours vert. À côté de Marie. Pourtant j'ai déjeuné avec elle il y a une heure.

— Tu déjeunes deux fois ?

Guillaume, couché sur la banquette, demanda à Mag si elle avait bien vu. Elle avait vu. Bien vu.

— Elle ne m'a pas dit qu'elle les voyait. Elle avait rendez-vous avec je ne sais plus qui à l'hôtel George-V. J'ai parlé à Gi ce matin. À quoi rime ce rendez-vous clandestin ?

— Va les voir. Je reste là. Ou si tu veux je m'en vais.

— Restez ! Je vous en supplie.

— Ne te mets pas dans cet état. À ta place, j'irais leur parler. Quand les as-tu vus ensemble la dernière fois ?

— Hier.

Guillaume appela le garçon qui lui confirma que tous les trois, là, dans le fond, la dame avec le manteau bouclé, la jeune femme et le peintre venaient très souvent.

— Depuis quand ?

— Oh, depuis deux mois. Facile ! Ils viennent trois fois par semaine. Facile !

Facile pour lui et pour Mag qui s'entêtait à lui conseiller de se découvrir, de percer l'abcès, mais on était bien au-delà d'un malentendu.

Ils avaient fini de déjeuner, se levaient. Quand ils passeraient devant leur table, il pourrait agir. Il les arrêterait : « Vous êtes des traîtres, je ne vous reverrai jamais. » Quoi, abandonner Marie aussi ? Juan avançait, regardant si, aux tables alentour, on le reconnaissait. Non, mon vieux, personne. On s'en moque bien de toi et de tes fantaisies chromatiques. Autant que de Gi, malgré ses yeux étincelants. Marie tenait Juan par le bras, riait à gorge déployée.

Ils passèrent à quelques centimètres de sa table, une cavalcade d'étudiants pressés, entrés comme de jeunes chevaux, les obligèrent à se ranger. Le dos de Juan touchait la nappe. Mag était prête à le tirer par le veston. Guillaume l'en empêcha, c'était à lui d'agir. Il prit sa respiration, mais déjà ils repartaient.

Sur le trottoir, au contact de l'air du boulevard, Guillaume reprit ses esprits.

— Voyez, ils étaient là. Ce soir, je n'aurai rien vu, je n'aurai pas déjeuné à la Coupole, personne n'a déjeuné à la Coupole !

— Parfait, Guillaume. C'est comme ça qu'il faut être : aveugle, si on ne tue pas.

Île Saint-Louis, il était en larmes. Le dessus de lit dansait devant ses yeux, flottait, se mêlait au rouge feu des tapis indiens. Il ne pouvait pas rester là. Il appela Mag au journal. Elle le rejoignit dans un café proche de l'Alsacienne où il ne voulait pas se montrer. Qu'elle lui dise comment faire. À force d'hésiter entre une scène et le silence, Mag, comme Guillaume, finissait par ne plus savoir quelle tactique adopter.

L'œil sur sa montre, il attendait l'heure du dîner avec une angoisse qui réduisait le nombre d'attitudes et de solutions possibles.

Essoufflé, il l'appela. Elle lui répondit comme d'habitude, avec la même douceur et, très vite, la même irritabilité : deux clientes devant elles, l'atelier en retard, Miss Bellair maintenant dans son bureau, on fermait !

— Qu'as-tu fait pour déjeuner ?

— Mais j'ai déjeuné avec toi.

Elle lui rappela qu'ils dînaient ce soir chez Juan et Gi. Il n'avait pas changé d'avis au moins ? Avait-elle des nouvelles d'eux ? Pas depuis la veille, mais pour l'instant elle ne pouvait vraiment pas lui parler. Il raccrocha avec la lenteur écœurante d'un corps qui s'effondre.

Mag l'avait rabroué :

« Maintenant ça suffit ! Travaille ! Je t'ai pris un rendez-vous au Théâtre La Bruyère avec une actrice qui joue une sorte de *Dimanche m'attend* d'Audiberti. On vient juste de me prévenir. Elle est blonde, petite, drôle, hantée. C'est Marie-Madeleine. Un personnage d'une insolence sexy superbe. Cela te changera de tes publicités et de Marie. »

Les voyelles de Mag grasseyaient. Elle voulait une photo dingue, une photo « clap ».

Il éprouva, comme souvent, de la volupté à glisser une bobine vierge dans sa petite boîte noire au métal plus froid que sa tête, traversa Paris, inquiet.

Mag lui avait menti : il n'avait pas rendez-vous. Il dut batailler à l'entrée du théâtre. La jeune fille était difficile, elle ne recevait pas avant d'entrer en scène.

— Le fils Delastre, on laisse passer.

L'actrice portait un grand manteau à carreaux. Elle n'était ni blonde ni petite, et attendait la représentation un livre de Kierkegaard à la main en répétant d'une voix nasillarde et têtue : « Tout ça, je n'y comprends rien. »

Grâce à cette rencontre il arriva tard chez les Mendoza, et au lieu de montrer le visage défait de l'après-midi, celui de six heures du soir qui était pire, il apparut rayonnant. Même Juan lui demanda d'où lui venait cet air de conquête. Avait-il encore fait fortune ?

— Parce qu'il n'y a que l'argent qui donne bonne mine ?

Il souleva Gi de terre, l'embrassa, la fit tournoyer au milieu du salon. Les cris qu'il lui arrachait l'excitaient. Non, il ne la poserait pas tout de suite. Non, il n'allait pas s'arrêter, il était si content de la voir. Jouant comme il avait joué dans la loge de l'actrice, il passa d'un ami à l'autre, avec légèreté, flattant, faisant rire. On aurait dit que c'était lui qui recevait.

Pour rentrer, Marie tendit les clés à Guillaume, qu'il conduise. Toute la soirée il avait réussi à garder son sourire et, bien qu'il se soit promis de ne pas faire une remarque, dans l'île il ne put se dégager de la colère qui s'empara de lui. Vase, buste, colonne, lampe, livres, journaux volèrent ainsi que les paroles les plus blessantes. Tout le fiel accumulé dans la journée lui remonta aux lèvres : menteuse, opportuniste, dissimulatrice, traîtresse, intrigante. Il l'accusa de perfidie, de déloyauté, de double jeu, d'arrivisme, lui reprocha son manque d'amour, de confiance. Pourquoi ne lui avait-elle pas dit qu'elle voyait les Mendoza sans lui. Qu'avait-elle à cacher ? Pourquoi le tenait-elle à l'écart ?

Qu'il attende ! Elle allait lui expliquer. À quoi bon ? Il était si violent. C'était lui qui lui avait présenté les Mendoza ? Et alors ? Il n'avait de droit ni sur eux ni sur elle qui n'avait jamais dépendu de personne. Cette querelle bourgeoise la dégoûtait. Il parlait d'appartenance, de territoire, employait des mots de code civil. Pourquoi ces principes étroits, mesquins ? C'était lui qui limitait les rapports. Quand il était là, elle ne pouvait jamais ouvrir la bouche, il parlait à sa place. Bien sûr il était drôle, surprenant, mais elle, que disait-elle ? Comment existait-elle ? Il n'y en avait que pour lui. Et même si c'était une idée de lui d'inventer des bijoux à partir des dessins de Juan, il fallait bien qu'elle organise, qu'elle suive avec eux la réalisation. Elle ne lui en avait jamais parlé ? Si elle l'avait fait, il aurait voulu se mêler de tout. Quand il était là, elle ne comprenait plus rien. Il était trop présent, prenait trop de place. Toujours lui,

224

rien que lui. C'était tout de même elle qui fabriquerait ces bijoux, qui les porterait.

Ils se battirent, se mordirent, se maudirent. En larmes, l'un en face de l'autre, avec le courage de s'affronter encore, de se faire mal, ils gardaient leur réserve de haine, de colère, de désamour à assouvir avec un fanatisme qui faisait peur. Elle se moquait de lui, sautait sur le moindre mot. Il connaissait le procès : il n'entendait rien à la gravité des jours, à l'inquiétude de l'avenir, à la fragilité des rapports, à la difficulté de survivre dans un monde où il n'avait aucune attache. Était-ce sa faute s'il était continuellement déçu ? S'il demandait aux autres plus qu'ils ne pouvaient donner ? Il finirait solitaire ? Ne l'était-il pas déjà depuis le début de sa vie ?

Il fallait qu'il se calme. Elle était fatiguée. Qu'il cesse de se raconter des histoires. Elle ne faisait rien de mal avec les Mendoza. Elle voulait bien ne pas les revoir, ils n'étaient pas si importants. C'était lui qu'elle aimait, qui d'autre ? Elle était fatiguée, il était quatre heures du matin.

Ils s'endormirent enlacés. Lui dans le plus parfait chagrin, elle dans une sorte d'absence, de démission. Fallait-il ne plus revoir les Mendoza ? quitter Bellair ? monter une affaire à son compte ? Elle réfléchissait. Sans lui.

Pour Guillaume, le dîner chez Juan en l'honneur de l'ambassadeur du Japon fut celui du regret. Regret de ne pas avoir Marie près de lui. Regret d'avoir obéi à Gi qui souhaitait qu'il aille chercher Bella Becker pour lui servir de cavalier, Carlos Williams ayant été écarté à la dernière minute pour manque de conversation. Regret d'avoir permis à Méduse de discuter du prix de ses photos, mais regret surtout de ne pas pouvoir se détacher de l'absence de Marie. Il irait vérifier après le dîner si elle était chez ses parents, sonnerait s'il le fallait, les interrogerait. Si elle n'y était pas, il romprait

Il reconnut les gros et sales immeubles lourds, gris, épais de l'avenue d'Eylau devant lesquels il avait déjà tant souffert. La voiture de Marie était là. Il pouvait repartir, elle n'avait pas menti. Il se faufila tout de même dans la cour, le long de ses fenêtres, jusqu'à sa chambre. Derrière les rideaux de tergal, il aperçut sa silhouette, se releva, appuya son front contre la pierre. Et s'il tapait au carreau ? Gratter une seconde puis repartir. Sa main atteignait la vitre quand soudain la voix de Marie le fit reculer. « Rivière... turquoise... » « Rivières de petites turquoises au départ de l'épaule qui vont en augmentant sur la poitrine, comme se gonflant, pour repartir plus petites après et finir derrière le cou par un cabochon gravé. »

Il se hissa sur la pointe des pieds, l'aperçut assise jambes croisées, tête baissée, épaule en biais, cigarette au bout des doigts. Il l'imaginait expirant lentement sa fumée, prolongeant le silence entre une phrase et l'autre. À qui parlait-elle, ainsi alanguie ? Une voix dans un coin de la chambre renvoyait la balle. Il entendit glisser le cordon des rideaux, on ouvrait la fenêtre, il s'accroupit dans l'ombre.

La main de Marie, au-dessus de lui, dépliait les pans des persiennes. Les feuilles métalliques claquaient les unes après les autres, plongeant la cour, peu à peu, dans l'obscurité. Il ne risquait plus rien. Il se releva, appliqua son oreille au volet. Plus un mot, la lumière s'éteignit.

Il retraversa la petite cour, s'arrêta devant la voiture de Marie, s'engouffra, bascula d'un siège sur l'autre et se cacha dans le coffre. Elle le ramènerait ainsi dans l'île, et si elle allait ailleurs il saurait où.

Marie et Josyane restèrent de longues secondes

immobiles sans un mot avant de faire démarrer la voiture. L'avaient-elles découvert en passant ? Allaient-elles se retourner et lui demander la raison de cet espionnage ? Le déclic de la clé de contact le soulagea.

Josyane flattait Marie, des compliments incessants qu'elle n'avait pas l'air de trouver exagérés. La voiture, après avoir effectué quelques demi-tours, une glissade, un freinage trop brusque, reprit de la vitesse. Elle sautait d'une plaque de béton sur l'autre. Ce n'était pas du tout le chemin de l'île Saint-Louis. L'autoroute ? Une crampe au pied provoqua une telle douleur qu'il se cramponna à la roue de secours, il ne pouvait détendre la jambe ni bouger. Mon Dieu, faites qu'elles parlent de moi. Qu'elles parlent de moi ! Qu'elles parlent de moi ! Pourquoi refuse-t-elle de vivre chez Anatole ? Où passerons-nous les vacances prochaines ? Chaque fois elle répond : on a le temps. Un mot, rien, trois fois rien, qu'elle dise qu'elle m'aime !

— C'est Guillaume qui en fera une tête si tu...

Brillante Josyane d'avoir lancé le caillou sur l'eau. Maintenant il faut qu'il rebondisse.

— Guillaume sait que tu me vois ce soir ?

— Bien sûr, pourquoi le lui aurais-je caché ?

Quelle menteuse ! « Je vais chez mes parents et rentre tout de suite après. »

— Je lui dis tout sinon c'est trop compliqué.

— Alors, tu lui as avoué pour l'enfant ?

— Non. Gi me l'a déconseillé, il me tuerait.

— Tu ne lui en parleras jamais ?

— Jamais. Je voulais mais, d'après Gi, ce serait une folie, elle dit que Guillaume est le type même du rêveur absolu ; qu'un enfant, pour lui, serait presque une œuvre. Elle a raison : Guillaume n'est pas plus fait pour être père que pour être mon mari. Pense qu'il voudrait que je l'épouse ! Il ne me parle que de ça. Gi a été adorable. Tu ne peux pas savoir, alors qu'on la croit égoïste, centrée sur elle, mégalo, comme elle a bien su s'occuper de moi, trouver le médecin qu'il fallait, la clinique. Tout ! À Genève elle nous a même envoyé un chauffeur à la gare, à Bella et moi. Fleurs dans la chambre, coups de téléphone constants. Elle voulait nous rejoindre, être là quand ça s'est passé, mais Guillaume l'a empêchée de partir, tu sais comme il accapare. Il la suivait partout, elle ne pouvait s'en défaire.

— Comment ne s'est-il pas aperçu que tu étais enceinte ?

— C'est tout lui ! Il m'aime mais ne voit rien. Il était seulement préoccupé par ses fromages.

— Tu ne regrettes pas ?

— Peut-être que s'il avait été là je n'aurais pas pris cette décision. Mais, comme disait Gi, ces histoires-là ne regardent pas les hommes.

— Tu l'aimais. Tu ne l'aimes plus ?

— Je l'adore, mais tu vois, pour avoir une soirée libre de temps en temps, il faut que j'invente je ne sais quoi. Imagine si, en plus, on avait un enfant.

— Tu devrais le lui dire maintenant, cesser de lui mentir.

— Je ne peux plus, c'est trop tard.

La voiture s'était arrêtée. Elles ne disaient plus rien. Il s'enfonça dans sa cachette. Un baiser claqua, un autre, la portière, le silence.

Il se promit de garder son calme, de rentrer, de ne plus la revoir. Fini Marie. C'était fini. Il n'y avait rien à ajouter.

Dans le premier tournant, il bondit.

— J'ai tout entendu !

La voiture fit une embardée. Il enjamba la banquette. La main sur sa gorge, il lui ordonna de s'arrêter, tenta de lui prendre le volant, qu'elle se range sur le bord de la route. La voiture marqua plusieurs zigzags. Marie ne se laissait pas faire. Le visage tendu vers l'ombre, penchée en avant, elle ne cédait pas. Elle appuyait de plus belle sur l'accélérateur.

— Pourquoi, pourquoi ne m'en as-tu pas parlé ?

Il hurlait, se balançait d'avant en arrière, toussait, vomissait la pierre noire au fond de lui. Elle ne voulait pas rentrer avec lui, il faisait trop peur. D'un coup il se tut. Maîtrisant sa colère, sans trace d'aucun ressentiment, il jura d'être sage.

À peine chez eux il se jeta sur elle, l'attrapa à bras-le-corps, la traîna par les cheveux au milieu du salon, l'attira de toutes ses forces vers lui, la reprit, la secoua comme un rat, lui arracha la sacoche noire dont elle se servait comme d'un bou-

231

clier. Elle se réfugia sur le canapé qu'il mit debout pour le faire basculer sur elle. Pourquoi avoir détruit ce qu'ils pouvaient faire de plus beau ?

Dans leur chambre où elle courut, il renversa paravent, coupes, bibliothèque, réduisit en miettes le cadre d'ivoire offert l'avant-veille par Gi, défonça à coups de poing la table de maquillage, écrasa le dieu aztèque qui venait de chez Anatole, massacra l'accordéon rouge et blanc dont elle voulait s'inspirer pour le costume d'une fête où elle comptait se rendre. Elle n'irait pas. Elle n'irait nulle part. Elle cherchait une issue. Il ne la laissait pas s'échapper. Elle réussit à fuir, il la rattrapa, elle lui rééchappa et s'enferma à double tour dans la salle de bains. La porte céda sous les coups de Guillaume. Elle criait, mordait, se débattait, parvint à se faufiler à travers les éboulis, jusqu'à leur chambre où, tirant sur son pull noir, rangeant ses cheveux, elle lui fit face.

Ils se mesuraient du regard. L'idée de la toucher, même pour la gifler, fit soudain horreur à Guillaume.

— Va-t'en.

C'était dit d'une voix blanche, impersonnelle, mesurée. Tous les soirs elle s'était couchée près de lui avec, entre eux, cette absence, à laquelle Gi, Bella, les Steinway, d'Orengo, Piedevant avaient participé. Bella qui, il n'y a pas si longtemps encore, le regard en dessous, lui demandait d'être gentil avec Marie.

— Sors d'ici !

Il la traîna vers la porte, arracha son long collier de perles, qui se défirent pour rebondir ; « Va-t'en, va-t'en, va-t'en ! murmuraient-elles, va-t'en, je t'en prie, pars ! »

Dans le silence brutal, hagard, dépossédé, il passait d'une pièce à l'autre, revenait sur ses pas. Tout était carnage. « Ce n'est pas vrai », disait-il comme si cette incrédulité pouvait la faire revenir, ressusciter le passé, les projets de vie ensemble.

Dans la rue il hurla « Marie », sur les quais froids, frappa les voitures. « Pardon, Marie, pardon. » Après avoir tourné sans fin dans l'île croyant l'apercevoir, il rentra. Les rideaux pendaient, déchirés comme les voiles d'un bateau échoué sur une terre perdue. Il s'effondra sur des piles de pull-overs, de chemisiers, de robes, pleura, les mains étranglant cette montagne de tissu mort qu'elle avait porté. Il sentait du sang séché autour de ses lèvres. La voix qui parlait en lui était douce. Il fallait être fort. Si elle revenait, il se promettait de l'accueillir avec tous les pardons. Il tenta de ranger. Ni la lampe rouge achetée rue de Constantine, ni le porte-journaux ne tenaient debout. Même la boîte d'allumettes de la cuisine ne coulissait plus. Où était Marie ? Il tournait dans le salon au canapé debout, se battit contre lui, dompteur enragé devant un ours blanc empaillé. La fenêtre, heurtée, tomba dans un tel fracas qu'il crut qu'un orage entrait tout entier en

lui. Enfin il s'effondra pour de bon, resta longuement prostré, boxeur à jamais éliminé.

Il arriva chez Carlos Williams bras ballants, bouche entrouverte, sèche. À peine reconnaissait-il
Carlos, sa mèche brune tombant dans ses yeux indifférents, son sourire permanent faisant croire
qu'il n'était préoccupé que de ses costumes de
tennisman et de l'élégance de son physique dégin-
gandé pour lequel Bella l'avait choisi. Guillaume
ne voulait pas s'arrêter. Prêt à repartir du même
pied. Hésitant. Fou. Il voulait de nouveau retourner à Montparnasse, à Pigalle, aux Champs-Ely-
sées, à l'île Saint-Louis. Il l'avait cherchée dans les
gares, sur les marchepieds, à tous les départs. Elle
n'était nulle part. Rejeté par toutes les rues som-
bres, à bout de souffle, à bout de toutes les boîtes
de nuit, il était venu chez Carlos comme il avait
rôdé devant le Champ-de-Mars, collé son oreille
aux grilles du jardin protégé des Mendoza. Il avait
crié : « Où est-elle ? Dites-moi où elle est ! Vous
me l'avez volée ! », sachant qu'ils n'étaient pas là,
qu'ils ne risquaient pas de l'entendre.
— Elle n'est pas là non plus, lui dit Carlos malgré le plein sommeil duquel Guillaume l'avait tiré.
Il fit deux pas dans le salon et tomba entre les
fauteuils de moleskine blanche. Cinq jours, six
nuits qu'il errait, peut-être plus, il ne savait pas. Il
se releva et retomba. D'autres larmes jaillirent, sa

poitrine se souleva, il hoqueta. Carlos lui retira des mains son appareil photo. Guillaume voulait repartir, hurler Marie dans d'autres rues. Sa tête se balançait d'avant en arrière, de gauche à droite. Des nausées tordaient son corps. Marie, Marie. Le vide coulait de sa gorge à ses genoux et remontait jusqu'à sa langue qu'il aurait voulu arracher. Une boule à la naissance du cou, une boule qui enflait, le dévorait. Il la retrouvait dans l'estomac, blottie, prête à repartir, à s'emparer de nouveau de son ventre et de sa gorge. Ses pensées se mélangeaient aux rues vides, aux peurs, aux idées noires des derniers jours, à cette nuit. Marie ! Encore respirer ? Il pleurait d'une chaise à l'autre. Il pleurait en regardant le plafond, la table, il pleurait Marie adorée, Marie je t'aime toujours, Marie écoute-moi. Elle avait disparu à jamais.

Où est-elle ? cria-t-il dans son cauchemar. Pouvait-elle être heureuse sans lui ? Un bruit de porte à l'étage. Il tressaillit, claqua des dents. Elle est là ? Carlos lui apporta un pull-over, puis de l'eau et un comprimé pour dormir qui le réveilla définitivement. Il était sûr que Carlos connaissait le refuge de Marie. Qu'il l'emmène, lui montre sa cachette et le laisse entrer seul, renouer, revivre. Où se trouvait ce terrier ? Carlos le suppliait d'aller se coucher, il fallait qu'il se repose. Il fallait qu'il soit calme pour reconquérir Marie. Cette folle supposition éclaira le visage de Guillaume qui retrouva un très bref instant la joie des grands jours. Trans-figuré, il répétait : Marie va revenir.

Carlos alluma une cigarette. Dans la flamme, le gouffre se rouvrit. Guillaume enfonçait ses doigts dans sa chair, griffait son visage, son cou, en criant : je les tuerai, je les tuerai ! Sa tête bourdonnait. Marie, reviens, je n'aime que toi ! Carlos, devant ces soubresauts, ces cabrioles, le suppliait d'arrêter. Les larmes aux yeux, il le prit dans ses bras. Guillaume se dégagea et se jeta, tête en avant contre la vitre de la bibliothèque qui vola en éclats. Il allait recommencer, pour se faire plus mal encore. Carlos avait beaucoup de choses à lui dire. Il pouvait le sauver. « Sauver » virevolta comme leurs deux corps qui basculèrent. « On ne peut rien sauver. » Carlos le maîtrisa. Immobile contre le plancher, Guillaume pleurait. Il se débattit, le corps parcouru de courants électriques. Il pleurait, bavait. La douleur le prenait au thorax, sous les genoux, le tordait. Carlos se coucha sur lui, pesa de tout son poids, aplanit la douleur.

Quand Guillaume se réveilla en sursaut, il ne savait plus où il était, ne reconnaissait rien. Ses joues brûlaient, ses dents grinçaient. Parcouru de frissons, il demanda encore Marie. Il chercha ses chaussures, retomba sur le dos, grelotta, ne voyait pas pourquoi il n'était pas chez lui, puis retomba dans une torpeur dont il ne ressortit que le jour suivant.

Grâce à Carlos il retrouva petit à petit le sens des gestes les plus simples, recommença à se laver, à se raser. Il se promenait dans le quartier, ne parlait plus de mourir. Carlos lui conseillait d'être malin, de ne pas se fâcher avec Gi et Juan qui pouvaient le mettre sur la piste de Marie. Ils avaient un ascendant sur elle, comme sur Bella, comme sur n'importe qui. Bella qu'ils avaient réussi à séparer de lui.

— Gi peut tout faire. Une condition : les revoir.

De son côté, il essaierait de savoir quelque chose. Guillaume, lui, devait recharmer Juan.

« Peut-être que ce sera toi mon dernier regret », susurra un Juan bien las. Guillaume flottait au-dessus du doux émoi que leur procurait sa rupture avec Marie. Comme lui avaient toujours échappé croche-pieds, phrases assassines, insultes directes ou indirectes, preuves de mépris, d'infidélité, d'indécence, il passa son temps comme autrefois, présent au Champ-de-Mars entre Gi et Juan, apparemment accessible aux tourments du peintre et sensible aux serments de Gi en qui, vraiment, il pouvait compter une amie. Il trembla d'admiration pour ce qu'elle faisait pour Juan, pour sa patience, sa grandeur d'âme, sa perspicacité, sa fidélité, sa présence, son humour, son immense talent pour la vie, et surtout ses poèmes qu'il écouta avec une ferveur à laquelle elle ne croyait qu'à demi

Pendant ces journées tendues comme de la soie, il n'attendait que le nom de Marie. Ils résistaient. Ils gommaient du moindre échange, de la moindre promenade, de leur regard, tout objet, toute allusion qui pourraient les amener à parler d'elle. Ils faisaient comme s'ils l'avaient toujours connu seul. Si, par mégarde, revenant aux sentiments d'autrefois, on le trouvait nerveux, « c'était l'héritage », disait-on, de peur que leur attente de son effondrement ne soit démasquée. Ce n'était que lorsqu'il sortait de leur trappe et tournait le dos à leur porte en verre pare-balles que, sur le trottoir trop large, froid comme de la glace, le chagrin et la haine débordaient. Heureusement Carlos surgissait, calme, souriant, comme s'il venait d'arriver — quelle que soit l'heure. Guillaume lui demandait alors combien de temps il avait passé avec eux. Avait-il déjeuné, dîné ? En tout cas il avait résisté. Quelle heure était-il, quel jour, était-ce bien de continuer ? Lui-même avait-il des nouvelles ? Quelle information avait-il tiré d'eux ? Quand les larmes lui venaient, Carlos le laissait pleurer quelques instants, puis le reprenait comme le cheval à qui on a fait croire une seconde qu'il pouvait s'emballer. Il le grondait : on s'était promis de tenir pour savoir. En attendant, chez Miss Bellair, Marie n'était pas réapparue. Ce n'était pas grave, affirmait Carlos devant l'angoisse grandissante de Guillaume. Il fallait se taire encore quinze jours : le soir du réveillon, Marie serait au Champ-de-Mars.

— Elle viendra ?

— J'en suis certain, et ce seront des réconcilia-
tions dans d'autres larmes, je vois ça d'ici. Des
larmes de bonheur, c'est dégoûtant.

Guillaume, en smoking, les cheveux plaqués
derrière les oreilles, fut reçu par Gi avec l'extrême
courtoisie affichée depuis le drame. Il chercha
Marie dès l'entrée, rêvant qu'arrivée avant lui, elle
le guettait. Maintenant il avait peur : et si elle était
repartie sachant qu'il venait ? Roberto répondit
non, il arrivait dans les tout premiers.

— Appelle-t-elle quelquefois ?

— Tout le temps.

Ce fut chuchoté très vite en regardant ailleurs
n'importe qui du groupe pouvait les trahir. Il valait mieux se séparer. Quelques instants plus tard,
Guillaume revint vers lui pour arracher la promesse de lui en dire davantage s'il apprenait quelque chose.

On n'interrogeait Guillaume que sur le montant de la vente de l'usine. Qu'allait-il faire de
tout cet argent ? Écœuré, il s'arrachait de celui-ci
pour retomber vers celui-là qui, dans l'œil, au
bout de la langue, avait la même préoccupation
« Combien, l'un dans l'autre ? Combien ? Cela faisait combien ? »

Il se réfugia dans un coin de la bibliothèque
dont aucun livre n'avait été ouvert ni même feuil-

leté. Ce fut la première fois qu'il éprouva de la répulsion en apercevant Juan qui se décrochait la mâchoire de rire, parlant avec Steinway. Jamais Guillaume n'aurait imaginé qu'il s'entendrait si bien avec lui, qu'il taperait sur l'épaule de cet homme qu'il affublait à chaque occasion de surnoms désobligeants. À chaque coup de sonnette son cœur bondissait mais il comptait jusqu'à cinq, parfois arrivait à dix, avant de se retourner, lentement, afin qu'elle ne croie pas qu'il n'attendait qu'elle. Mais c'était un autre visage que ses yeux déchiffraient avec de plus en plus de peine. Elle ne viendra pas.

La troupe était presque tout entière déjà partie. Carlos lui prit le verre qu'il avait dans la main, l'arracha à son fauteuil.

— Je ne veux pas qu'ils te voient comme ça. Éclate de rire comme hier au square quand on parlait de Babette.

Malgré l'interdiction de Carlos, il revint au petit matin. L'immeuble baignait dans le noir. Guillaume en fit le tour, regrettant d'avoir refusé la chambre que les Mendoza lui avaient proposée quand il les avait installés.

Il erra quelques jours seul, étendant sa douleur au monde entier, prenant à témoin des chauffeurs de taxi qui lui permettaient de sillonner Paris, les Steinway à qui il avouait son chagrin. Ils fêtaient Noël tous les jours, en ce moment. Une fois pour Jésus, ça on ne pouvait pas l'éviter, une fois pour la famille, une fois pour la banque, une fois pour les amis, une fois pour les Mendoza. Il accepta ce dernier dîner et se retrouva sous un sapin monumental, orné de boules, de guirlandes, de Pères-Noël-faits-main-en-Suède, tenait-on à préciser. Méduse l'avait assis à côté d'elle. Un chagrin d'amour ! Pauvre chéri, mais on allait la retrouver. Chaque fois qu'elle était dans cette situation, au trente-sixième dessous, elle vomissait son âme, mangeait son oreiller, le tapis, embêtait tout le monde.

On avait vu Marie dans plusieurs boîtes de nuit, toujours suivie du même garçon, ce qui ne l'empêchait pas de se donner à n'importe qui. Elle traînait beaucoup. Semblait triste. Qu'il ne s'inquiète pas. On a de ces crises. Tout le monde en avait eu ici. Méduse faisait flotter d'un poignet à l'autre un châle noir et rouge assorti au tableau de Juan qu'elle venait de s'offrir. Les Mendoza, au dernier moment, s'étaient décommandés. Guillaume, persuadé qu'ils passaient la soirée avec Marie, n'écoutait plus rien. On lui demandait si elle couchait encore avec lui avant la rupture. Combien de fois par nuit ? Était-ce vrai qu'au début elle ne voulait pas de lui ? Suzy d'Orengo l'affirmait. Et pourquoi n'irait-il pas carrément chez elle, dans l'appartement que Gi lui avait prêté, l'appartement de ses premières amours avec Juan, rue de la Sourdière. Il pourrait parler au garçon. Dans un silence glacial tomba la sentence : une sorte de Dimitri. Bella chuchota autre chose à son voisin. Guillaume lui demanda de répéter. Pendant qu'elle hésitait, Guillaume posa d'autres questions : l'avait-on trouvée fatiguée ? Parlait-elle de lui ? Pas un mot. Pourquoi n'allait-elle plus chez Bellair ? Pourquoi ne la voyait-on plus avenue d'Eylau chez ses parents ? D'Orengo se leva, agacée par cette impudeur et par Carlos qui rappelait que cette situation n'était pas nouvelle autour des Mendoza. N'était-ce pas eux qui avaient séparé Suzy de son mari, Bella de lui ? Pas eux plus que d'autres, répondit Bella à côté de qui Guillaume était venu se rasseoir. Cela faisait partie du jeu, affirmait Suzy. Guillaume prit la main de Bella : pouvait-elle décrire le garçon ? Depuis combien de temps ? Qui le lui avait présenté ?

Il resta seul avec Carlos qui se révélait être un ami exceptionnel. Dans un cas semblable, Guillaume se demanda s'il aurait été capable de tant de générosité. Il ne pouvait contenir ses larmes, son chagrin était trop fort. La douleur sourdait de derrière ses oreilles, de ses pieds brûlants, des moindres articulations de cette carcasse portée par une force inconsciente vers le vide, puisque chaque coin de pierre, chaque bout de pavé lui chuchotait : pas là, elle n'est pas là.

Le lendemain, serrant les mâchoires, il fonça à travers les couloirs qui menaient au bureau de Miss Bellair. Ses arguments, rangés dans sa tête, s'évanouirent dès qu'il l'aperçut ancrée derrière son masque tranquille que n'altéraient ni la terrible hausse de l'or ni les revirements des clientes. Où était Marie ?

Qu'il la croie ou non, elle n'en savait rien.

Pour l'instant Marie prenait des vacances. Les recommandations et l'appui de Madame Mendoza leur étaient très utiles : c'est elle qui communiquait les noms des meilleures clientes de Juan. Peut-être que Marie voyageait beaucoup mais elle se faisait un prodigieux carnet d'adresses.

Guillaume bondit : ainsi, c'était Gi qui tirait les ficelles.

— Madame Mendoza a demandé la plus extrême discrétion sur sa collaboration. Personne ne doit savoir qu'elle touche un pourcentage ici. Vous comprenez, je ne veux pas me fâcher avec elle. Non seulement elle trouve la cliente mais elle la fait tourner autour de son petit doigt. Elle décide de ce qu'elle doit acheter, combien elle doit payer, elle prend le rendez-vous, envoie Marie. Un stratège épatant. L'argent, il faut le saisir quand il passe : la fortune ne se présente pas deux fois sur son petit plateau de vermeil. Madame Mendoza nous avait prévenues. « Guillaume ne voudra pas qu'elle parte s'il sait que je suis là, que je travaille pour vous. Ne lui disons rien. » Elle y tenait à ce secret !

Soulagée que Guillaume soit enfin au courant, elle soupirait : « Ces mensonges étaient stupides, ils n'entraînent que doutes et poursuites. Et ce qu'on découvre n'a rien à voir avec la réalité. »

Guillaume remercia Carlos de sa sollicitude, il ne pouvait pas non plus abuser de son hospitalité et traîner avec lui le soir de bistro en bistro après des journées à marcher seul le long des rues aux vitrines pleines de neige artificielle, de coton blanc, de Pères Noël et d'étoiles fatiguées par ces trop longues fêtes. Continuer à espérer le retour de Marie l'obligeait à penser à elle, à ses trahisons, à ces horribles Mendoza qui continuaient à se chamailler, à tenter de le charmer, plaçant au-dessus de tout leur vanité. Il n'était plus question de revoir Méduse, Bella, tous ceux qui, attirés par son chagrin, ou craignant pour eux-mêmes, étaient venus chez Carlos se gargariser de leurs trop bons conseils.

Aux Invalides, les locataires l'appelaient l'« étrange Monsieur Delastre », pour cette manière de traverser le hall une fois sans vous voir, une autre fois vous sautant dessus : il voulait porter vos paquets, vous demandait des nouvelles des enfants, de votre zona, aimiez-vous Deauville, l'hiver n'était pas trop froid ? Si vous aviez envie de jouer au ping-pong, il en avait installé un là-haut. Et dans son bel appartement, on découvrait un sens-dessus-dessous d'objets hétéroclites. Il parlait d'installer une voiture électrique. On se disait : comme c'est dommage d'hériter si jeune, ce devrait être interdit. D'autres fois il descendait vingt fois dans la journée demander à la concierge si elle n'avait pas vu Mademoiselle Décembre. Pas de message ? Vraiment pas ? N'était-ce pas elle qui était arrêtée devant la grille et regardait ? Après avoir couru cent fois pour appeler Marie sur l'esplanade, bras ouverts, ce qui faisait fuir les pigeons et rire les garçons en patins à roulettes, l'ordre revint peu à peu chez Anatole.

Son succès de photographe recommençait à lui faire plaisir, malgré l'absence de Marie qui le prenait de plein fouet cinq ou six fois par jour. On le voyait alors au milieu des mannequins, des projecteurs, s'arrêter quelques instants, frappé par son image si loin, si loin de lui. On se disait alors : il a une idée. Comme il ne disait rien, on pensait : il ne peut encore la formuler, c'est ça le génie. Rien de son visage ne laissait supposer qu'il était à ce moment si vide, si blessé, presque mort. Au contraire, il souriait et dès que s'estompaient les premières nuits avec Marie au Claridge, que disparaissait son corps nu, à fleur d'eau, sur la plage secrète d'Ibiza, qu'il n'entendait plus le craquement de ses pas sur le parquet de l'île Saint-Louis, qu'elle ne se jetait plus dans ses bras sur le canapé de Solange, il reprenait la séance avec le calme du sage hindou fort de sa méditation.

Juan venait le relancer : Gi avait acheté une Bugatti. Il avait trois places pour un concert, pourquoi ne pas y aller ? Guillaume le regardait avec une sorte de pitié, comme si Juan n'arrivait pas à s'exprimer, que les mots employés n'avaient plus cours ou n'avaient jamais eu de sens.

— La voiture est devant.

Elle les attendait en double file, sorte de locomotive d'un autre temps, engin ridicule, désuet, aussi inutile que sa crainte de l'abîmer.

Gi venait à son tour taper des pieds près des projecteurs. Elle n'était pas triste, comme Juan, elle était révoltée. Comment pouvait-il les traiter ainsi ? Avec ce dédain, cette ignorance de tout ce qu'ils avaient fait pour lui ! Croyait-il vraiment que c'était contre lui qu'elle avait prêté à Marie cet appartement ? Il était fou ou quoi ? On ne pouvait vraiment pas dire que le chagrin lui faisait du bien. C'était Marie qui le lui avait demandé. N'était-ce pas mieux de savoir où elle habitait, de l'avoir sous la main pour pouvoir la faire revenir ? D'ailleurs, au lieu de s'occuper de ses photos, qu'il vienne avec elle un peu parler. Était-ce vrai que Guillaume s'était installé à l'hôtel de la Guyane ? Était-ce possible ? Dans un si petit hôtel, lui si riche maintenant ? Tout seul, lui avait-on dit. Il ne pouvait pas vivre mieux ? Qu'il fasse comme elle. Renaître ! Elle le lui dit sur tous les tons. Puisqu'il voulait terminer ses séances, elle l'attendrait. Jusqu'à minuit, s'il le fallait.

D'autres fois, Juan et Gi, assis sur des valises de projecteurs, partageaient les sandwichs des assistants et des mannequins. Guillaume finissait son travail à son rythme. Juan accusait une certaine fatigue, Gi une fureur qu'elle transformait en intérêt passionné avec lequel elle suivait chaque geste du coiffeur, du maquilleur, de l'éclairagiste, jusqu'au va-et-vient du balai de l'homme de ménage qu'elle observait comme le vol d'un oiseau.

Elle avait vu Marie, voulait en parler à Guillaume. Un bon dîner l'attendait au Champ-de-Mars. Ils seraient tous les trois.

Ils se retrouvaient face à face sur le trottoir. Éclairagistes et maquilleuses, étonnés d'avoir rencontré Juan Mendoza, étaient partis. Guillaume, immobile, se taisait. Il les accompagnait jusqu'à la portière de leur voiture.

— Eh bien, monte !

Gi insistait. Guillaume leur disait au revoir. Juan, au fond de la voiture, avait enveloppé ses genoux d'une couverture à carreaux. Il lui en montrait les rayures : « Tu vois mes barreaux ? Tu me laisses avec eux ? » Guillaume ne souriait pas. Juan demanda à Gi de rentrer dans la voiture. Cela suffisait.

— Tu ne vois donc pas qu'il ne nous aime plus ?

Un matin, après huit coups de téléphone de Juan, Guillaume, excédé, arriva chez les Mendoza, décidé à en finir. Il avait les yeux fous. Maestro écartait les bras devant un tableau sorti de son emballage. Il criait au faux. Guillaume contourna les experts qui faisaient barrage, dans une fièvre d'avis, de sourires, de protestations d'où, encore une fois, s'élevait la voix de théâtre d'une Gi qui défendait son mari qui « devait tout de même savoir ce qui était de lui ». Elle se protégea derrière un homme puis en choisit un autre à plus forte carrure. Partout Guillaume était là, devant elle qui, très blanche, essayait de se faufiler contre un meuble d'appui. Elle eut un bref mouvement de tête. Juan s'interposa : ce n'était pas le moment de régler des affaires personnelles. Guillaume lui posa la main sur le bras. Ce contact le fit bondir. Il se jeta sur la toile, la creva, la piétina en hurlant qu'il fallait mettre tout le monde dehors.

Une colère, c'était tout ce qu'il avait trouvé pour se sortir de ses mensonges et de leurs combines.

Dans le silence du salon déserté, Juan grelottait sur un fauteuil, répétant qu'il n'avait pas d'ami. Gi n'aurait jamais dû se mêler des histoires de Guillaume et de Marie. Elle se défendit : c'était Juan qui avait offert « son appartement », il disait que les jeunes gens, derrière son dos, riaient de lui. Guillaume les regardait se chamailler, ne voyant plus que deux vieux pantins, méchants petits rentiers préoccupés de leurs croissants. Ils commencèrent tous deux une phrase, elle à propos de son amitié pour Henry Miller, lui sur Puvis de Chavannes. Finalement, conclut-elle, Guillaume pouvait très bien vivre sans Marie. Comme il était calme maintenant ! Ils avaient pensé qu'il se serait tué. « Au fond, avoue, cette belle histoire d'amour, ce n'était pas grand-chose. »

Juan et Gi s'étaient rapprochés. Soudés l'un à l'autre, ils le toisaient, lui reprochaient son absence de sourire et d'humour. Juan avait pourtant lancé douze « Ça m'est égal » et trois « Pas intéressé » bien placés tandis qu'elle étudiait pour lui dans quel restaurant ils pouvaient déjeuner.

— Que fait-on, maintenant ?

Guillaume frappa du poing au milieu d'un nid de coccinelles de verre, fétiche du peintre, qui explosa sous le choc, éparpillant les mille billes rouges comme du sang, avant de les quitter sans un mot.

Au pied de la tour Eiffel, un petit chien dans les jardins courait derrière une balle. Entre les promeneurs, Guillaume reconnut la silhouette de Marie qui se dirigeait vers la maison des Mendoza qu'il venait de quitter à tout jamais. Il faillit s'élancer vers elle pour l'empêcher d'y retourner mais son pas, autrefois dansant, faisait claquer un talon ferme. Son regard était dur, décidé, sa bouche pincée. Un pli au bord des lèvres avait pris la place de son sourire flottant. Il tendit la main vers elle pour l'arrêter. Remettant en place son sac qui glissait de son épaule, elle le heurta ; elle ne sut pas à qui elle demandait « pardon ».

Il partit en courant pour retrouver Mag à l'Alsacienne. Elle expliquait à une autre « découverte » qu'elle était la meilleure. Guillaume éclata de rire. Bien que percée à jour, elle retrouva sa coquetterie, ses petits gestes, son œil en coin. Que ce jeune homme s'en aille : Guillaume revenait. C'était avec lui qu'elle faisait ses plus beaux coups.

Ils volèrent aussitôt vers Saint-Germain-des-Prés. Pour la Une du lendemain, il n'y avait pas une seconde à perdre. Mais cette fois elle ne le lâcherait pas.

— Quand je dis clic-clac, tu fais la photo et on s'en va. N'y reste pas cent ans.

Composition Nord Compo.
Impression Société Nouvelle Firmin-Didot
à Mesnil-sur-l'Estrée, le 18 octobre 1999.
Dépôt légal : octobre 1999.
Numéro d'imprimeur : 48831.

ISBN 2-07-041115-X/Imprimé en France.